文春文庫

# ミカ！

伊藤たかみ



文藝春秋

もくじ

扉絵・目次　池田進吾(67)

# 1　こんにちは、オトトイ

学校のみんなは、ミカのことをオトコオンナだって言う。

男みたいな女だということだから、もしそんなことを友だちに言われたなら、怒ったっていいはずだ。それなのに、なぜかミカは怒らなかった。女扱いされると怒るくせに、オトコオンナだと怒らない。

ミカは、プロレスやK―1をテレビで観《み》るのが好きだった。野球やサッカーは、観るのもやるのも好きで、たいていの男子よりうまい。ぼくはどっちかっていうとスポーツは嫌いなほうで、家でゲームをしたりパソコンをいじったり、ときどき本を読んだりしてるほうが好きだ。双子なのに、どうしてこんなに性格がちがうんだろうって思うこともある。その日の放課後もミカはほっぺたに大きなすり傷を作っていた。ぼくとちがって、ミカはしょっちゅうこうして傷を作ってくる。

いったいどうしたのと聞いてみたら、ほっぺたを指の先でつつきながら、

「学校でケンカしてん」と、ミカは簡単に答えた。

「男子に、ほうきで叩《たた》かれた」

「また、お父さんに叱《しか》られるな」

「お父さんには、サッカーしてて転んだって言うから、だいじょうぶや。ユウスケも、ちゃんとそう言うんやで」

かさぶたをはがそうとするので、ぼくはミカの腕をひっぱり、それをやめさせた。ミカはいいかもしれないけど、見ているぼくのほうが痛い。

「なんでケンカしたん？」

「変なこと言われたから」

「なんやの」

「ユウスケとアタシは、結婚するって言われた」

ぼくは顔が真っ赤になった。何だか恥ずかしくて、胸の前で両手をあわせ、パン！　とやる。それは、気持ちをきりかえるときにやる、ぼくの癖だった。

「そんなん言ったのだれや？　アホやな、そいつ。きょうだいは結婚できへんねんで。したらあかん」

「アタシかってそう言ったったのに、お前らはそれでもするんやって言いよんねん。

そんで、そいつの頭ぶったったら、ほうきで叩かれた」

ミカはそう言って、結局、かさぶたをむしり取ってしまった。真っ黒に日焼けしたほっぺたの上に、ピンク色の新しい血がにじんでいる。

「だいたいアタシ、ユウスケとなんてぜったいに結婚したないわ。したってええって言われたってぜったいにイヤや」

「こっちやってイヤや。ミカとなんてぜったいに結婚したない」

ぼくは言った。「オトコオンナと結婚なんてできへん」

「あー！　アタシ、なんで女に生まれてきたんやろ！　なんでや！」

道の上で急に大声を出すので、掃除をしていたおばさんが、びっくりしてぼくたちのほうを振り向いた。だけどミカは、そんなこと全く気にしないで、とつぜんぼくの尻《しり》を蹴《け》りつける。

「ムーンサルトキック！」

ミカは走って逃げた。ぼくもぜったい、ムーンサルトキックのお返しをしてやるつもりで、ミカを走って追いかけていった。

こうしてミカを追いかけているうち、ぼくは古い団地の下に来てしまった。どこに隠れたのかと見まわしてみたけど、どこにも見当たらない。だけど、ぜったいにどこかにいるはずだ。ぼくは団地を四階まで上ってみた。でも、その間にミカの姿を見つけることはできなかった。

きっとミカはどこかにうまく隠れて、今ごろ、家に帰っているんだろう。そう思ったぼくは、何だかがっかりとして、団地の階段を降りていった。

すると、一階の集合ポストの前で、ミカはニヤニヤしながらぼくを待っていた。

「だ〜ま〜さ〜れ〜た〜。アタシがここにおったん、わからんかったやろ」

ミカは言った。「な、面白いもん見せたるから、ちょっとおいで」

「いらん。どうせまた変なことするもん」

「ちゃうちゃう。ほんまに面白いもんやから、ちょっとおいで。その代わり、アユミちゃんに言ったらあかんで。もちろん、お父さんにも言ったらあかん」

いちおう説明しておくと、アユミちゃんと言うのは、ぼくたちのお姉ちゃん。家からそんなに遠くない高校に通っていて、中学生のときはマジメだったくせに、最近は遊んでばかりいる。高校生になって、お姉ちゃんの何かが変わってしまったようだった。

「なんやの」ぼくは言った。「この奥に何かあんの?」

「ええから、こっちにおいで」

ミカは、団地の前にある庭の中へと、ぼくをひっぱっていった。庭をおおっているたくさんの葉っぱが、ぼくのほっぺたにぶつかった。

この団地の庭には、みんな勝手なものを好きなだけ植えている。花だけじゃなく、三つ葉やキュウリ、それにトマトもある。みんな、どんどん勝手に植えていくもんだから、団地の前にある道路から、一階のベランダがほとんど見えなくなっているほどだ。細長いジャングルみたいな場所だった。カやガガンボや、もっと小さな虫もたくさんいた。ミカにひっぱられていなかったなら、ぼくは途中で引き返したと思う。身体が汚れたり、かゆくなったりするのはイヤだ。

庭の奥まで歩いてゆくと、ミカは急に立ち止まった。まわりが葉っぱだらけのせいで、ぼくたちはしゃがんでいなくちゃいけなかったし、頭の上では、キウイの木が生い茂っていた。

「こんなとこで、キウイ植えてる人おるんやなあ。おいしいんやろか?」

「一度食べたけど、すっぱかったわ」

ミカは、木の上になっているキウイの実を見上げた。そう言われてみると、スーパーで売ってるやつとちがって、ここの実は固くて、すっぱそうだ。

「あかん。すっぱいって考えただけで、アタシ、ヨダレが出てきそうになるわ」

「ほんで、ぼくに見せたいものってなんやの」

「もう一度聞くけど、あんたほんまにアユミちゃんには言わへんな？」

「それからお父さんにもやろ。なんべんも言わんかってええ」

「ほんなら見したる」

ミカは、急にぼくの頭を強く押した。何をされるのかと思って身体を固くしたけれど、力の強いミカは、そんなこと気にもしないでグリグリと押した。すると、目の前にあったのは、汚れて砂だらけになったベランダだった。きっと、この部屋にはだれも住んでいないのだろう。ベランダのすみに三輪車とゴザがあったけれど、そのほかには何もなかった。部屋にはカーテンもかかっていなくて、大きな窓から、空《から》っぽの部屋の中まで見えた。

ミカは、ぼくをひっぱって、ベランダの下に入った。

そこには、子供が座っていられるぐらいの隙間《すきま》があった。ちょっとでも動くと頭を打ってしまいそうだったけれど、じっとしていれば、どうにか二人座っていられた。団地の庭とちがって、地面はサラサラの乾いた砂だった。

いい場所だ。ここなら、目の前はキウイの木があるので、一度入ってしまえば外から見つかることもない。それでいて中からは、たくさんの葉っぱや草の隙間から、団地の外の道を歩いていく人たちの姿がよく見えた。まるで、潜水艦の中からのぞいているみたいだった。

ただ、何のためにミカがこんな場所を見つけたのか、ぼくにはわからなかった。

「六年にもなって、秘密基地かあ」

「そんなんとちゃう」ミカは言う。「そこ。お尻んとこ、踏まんように気いつけや」

ぼくは尻を上げて、ミカの言うものを踏みつぶしてしまわないように、目をこらしてよく見てみた。暗くて、最初のうちはなかなか見えなかった。だけど、だんだん何かが落っこちていることに気づいた。

何だ、これ？　サツマイモ？

毛だらけの、サツマイモみたいなもの。

「これ、なんなんや」

「アタシにもようわからへん。そこの、キウイの木の下におるところを見つけたんや。もうちょっとで、踏んでしまうとこやった」

「これ、生き物なん？」

「そうやで。キウイ食べるもんな」

ミカは辺りを見まわすと、そっとベランダから抜け出して、すっぱそうなキウイをもぎ取った。それからもう一度、辺りを見まわして、ベランダの下にもぐってきた。

ミカは、取ってきたばかりの固いキウイを、爪《つめ》の先で少し破ってから地面に置いた。

「なんか知らんけど、この木のキウイしか食べようとせえへん。一度、家の冷蔵庫から持ってきてあげたんやけど、そっちはぜんぜん食べへんかった」

「これかって、食べへんやんか」

「めっちゃ時間かかるよ。一個食べるのに、二日ぐらいかかる」

「なんて生き物なん？　なんか、モグラみたいやな。テレビでしか見たことないけど、これがほんまのモグラやろか」

「アタシもそう思っとってん。せやけどこの子、いつまでたっても土の中にもぐらへんねん。土にもぐるからモグラやろ？　もぐらんかったら、モグラって言わへん」

「それもそうやな」

「せやから、家に帰ったら調べといてな。ユウスケ、そういうの得意やろ」

「うん。でも、こんなん、ほんまに見たことないわ」

「インターネット使って調べたらええねん」

「そんな簡単にはいかへんわ。それに最近、あんまり長い時間やっとったら、お父さん怒るからな」

ぼくは言った。「で、こいつの名前はなんて言うの？　動物の名前とちがって、ただの名前。ポチとか、タロとか、そういう名前」

「おととい見つけたから、オトトイ。それでええわ」

「オトトイ？　なんやその名前。かわいそうやん、そんな変な名前つけたら」

「でも、似合うやろ。すぐに忘れてまいそうな名前やからええねん。この子によお似合ってるやんか」

「せやろか？　オトトイなんて、ぜったいに忘れそうにないけどな」

「そう？　アタシは、きのうより昔のことなんてすぐ忘れてまうけど？」

ミカの言うことを聞いていると、頭がこんがらかってきそうだった。

「それは、本物のおとといやろ。名前やなくて、二日前のおとという。変なのは名前のオトトイ」

「どっちでもええやんか、そんなん。イヤになったら、名前変えたらええねん」

ミカはそう言うと取ってきたばかりのキウイを、すみに置いた。それからオトトイを持ち上げて、キウイの上に乗せた。

「キウイ、食べることは食べるんやけど、オトトイの頭がどっちかわからんわ。もしかしたら、こっちがお尻なんかもしれん」

「持ち上げて、よお見てみたら？」

「あんまり長いこと触っとったらな、オトトイは変な声で鳴くんや。ギーギーって、黒板を爪でひっかいたときみたいな声だしよんねん。聞いたら、さぶいぼできるで」

「ふーん」

ぼくも、黒板をひっかく音は苦手だ。「ほんなら、触るのやめとこ」

「オトトイの武器って、それぐらいしかないんやけどな」

「弱いやつやなあ」

「弱いねん。めちゃくちゃ弱いから、アタシが助けたらんと死ぬねん」

それからミカは、オトトイの背中をゆっくりさすった。


友だちの家で遊んで帰ってくると、今日も、家政婦さんが作ってくれたごはんがラップされてテーブルの上に乗っていた。ミカは週二回、空手の道場に通っているので、先に夕飯を食べて出ていったらしい。父さんはまだだし、お姉ちゃんもやっぱりまだ帰っていないみたいだ。だからぼくは、おかずを一人分だけレンジでチンして、テレビを観ながら夕飯を食べた。

自分でごはんをちゃわんにもったのに、食べきれなくなったから、ジャーの中に残りを戻した。それをすると、家政婦さんも父さんもお姉ちゃんも（つまり、ミカ以外のみんな）怒るから、戻したことがばれないように、ジャーの中身をしゃもじでよくかき混ぜておく。こういうのを完全犯罪っていうんだ。

お風呂に入る前に、留守番電話が光っていたから再生をした。

一件目はコウジから。クラスメイトで、ぼくと同じ放送委員の仲間でもある。放送委員は六年生じゃないとなれないんで、放送委員の男子は、ぼくとコウジだけだった。女子と交替で、一日おきに校内放送を流している。

『あした学校に、ケーブル持ってきてーやー。忘れたらあかんで。ゲームボーイの通信ケーブルなー』

電話でのコウジは、何だか楽しそうだった。きっと、塾の休憩時間にPHSから電話したんだろう。あいつは偉そうにPHSを買ってもらったから、いつも大した用事なんてないくせに電話をかけてくる。PHSを使うときは、いつも声が嬉《うれ》しそうだ。

もう一件は、安藤《あんどう》からだった。

『あ、私、安藤ですけど、いないんやったらいいです。電話、かけ直さんといてな。これから私、塾やから』

何だか知らないけど、生活委員の安藤は、最近ぼくの家に電話をかけてくる。それも、ぼくのいないときばかり狙《ねら》って電話をかけてくる。そのくせ、学校では何も話してくれなかった。ぼくから話しかけても、「あ、そうなん」と、すごく面白くなさそうな返事しかしてくれなかった。用事なんてどうせ、ぼくからミカに何か注意しておいてくれっていうようなことだと思うけど。学校で禁止されているのに、ミカは最近、またプロレスごっこをしているみたいだから、そのことかもしれない。

もう一件は、父さんの友だちという女の人からだった。

『鳩山《はとやま》です。新居が決まったんで、ごあいさつだけでもと思って電話しました。またあらためます。私の新しい電話番号は×××—××—××××です』

父さんはたぶん、この鳩山って人のことが好きなんだと思う。まだ母さんとは、ちゃんと離婚していないから、鳩山さんと結婚することはできないんだろうけど、とにかく好きなのはまちがいない。鳩山さんのことを話すときの顔でわかるんだ。父さんは、好きな人のことに限って悪く言う。父さんが悪く言う人っていうのは、いつも決まって好きな人だった。でも、ぼくはまだこの人に会ったことがない。いつも父さんの話で聞くだけだった。

それからぼくは部屋のパソコンを使って、オトトイのことを調べた。CD版の動物図鑑は、鳴き声まで聞くことができるけど、そもそも動物の名前がわからないから、ほとんど役に立たなかった。モグラの仲間を調べてみても、やっぱりどこかちがっていた。インターネットを使えば見つかるかもしれないけど、今日はやめておこう。せめて、何ていう種類なのかぐらいわかってからじゃないと、調べようがないものな。

それから暇つぶしに、パソコンをいろいろいじくって遊ぶ。もともとこのパソコンは父さんのものだったはずなのに、今ではすっかりぼくのオモチャになっている。父さんは、新しいもの好きだけど、短気だから使いかたを覚える前にすぐやめてしまう。そう言えば昔買ったワープロも途中でやめた。いらないって言ってるのに、ぼくの運動会のときの予定表なんかを作ったあと、そのまま飽きてぼくの部屋に持ってきた。パソコンのときと全く同じだ。

もしかすると父さんは、パソコンやワープロみたいに、母さんのことを飽きてしまったのかも……なんて考えると少し悲しくなったから、もう考えないことにした。母さんがいないことは悲しくないけど、父さんが飽きっぽいっていうことは、とても悲しいことだ。

そのとき、だれかが帰ってくる音がした。

うちのドアは、すごく音が大きくて困る。ほかの部屋の人はそうでもなさそうなのに、うちだけギーギーとうるさい。応接間に行ってみると、戻ってきたのはお姉ちゃんだった。何だか知らないけど、すごく機嫌が悪そうだった。

「ユウスケ、あれ食べてええで」

ソファーにドサッと座ったお姉ちゃんは、テーブルの上に用意されたおかずを指差して言った。

「私、今日は食べたないわ」

「ダイエット？」

「そんなんちゃうけど、食べたないの」

お姉ちゃんがそう言うので、ぼくはテーブルの上のおかずを全部、冷蔵庫の中に入れて、すぐに皿を洗い始めた。

皿洗いが終わったあと、ぼくもお姉ちゃんと一緒にテレビを観ようかと思ってソファーに座ったら、彼女の顔が変になっていてびっくりした。くちびるの端っこが、ぷっくりとはれている。横から見ると、何だかちがう人みたいだった。

「お姉ちゃん、顔どないしたん」

「どうもしてへん」

「口のところ、すごい大きなってるわ」

「お父さんに、いらんこと言うたらあかんで」

「言わへんけど……」

そのとき、ミカも帰ってくる。めんどくさいのか、空手着のまま自転車に乗って帰ってきたらしい。胸のところに、「はやま　みかこ」とマジックで名前が書いてある。それが本当のミカの名前だけど、みんなめんどくさくて、みかこのことをミカと呼んでいる。

「あー、おなか空《す》いてもうた」

ミカはまっすぐ台所に行って冷蔵庫を開けた。「何かないかなあ。ソーセージとか食べたいなー」

「お姉ちゃん、ごはんいらんのやって。せやから、もし食べたかったら、そこにあんの食べてもええって」ぼくは言った。

「ほんなら食べよ。夕飯、二回目やけど」

ミカはいつもどおり、ちゃわんにごはんを山もりにして、二度目の夕食を食べ始めた。よほどおなかが空いているのか、レンジで温めもしなかった。

「アユミちゃん、口のところどないしたん」

「どうもせえへんって言ってるやろ」

「アタシ、今聞いたばっかりやん」

「お父さんにいらんこと言わんときや」

「アタシは言わへんよ」

と、ミカ。「せやけど、どうせそのうち見つかってまうやろ」

「見つかったってかまへん」

「ほんなら、アタシが言っといてあげよか？」

「ミカ。ええかげんにしいや」

「ミカ〜。ええかげんにしいや〜」

ミカは、わざと低い声で、お姉ちゃんの言葉をマネした。怒ったお姉ちゃんは、テーブルの上に乗っていたティッシュペーパーの箱をミカに向かって投げつけてから、自分の部屋に戻ってしまった。

また、ぼくとミカだけになってしまう。

「お姉ちゃんのこと、すぐ怒らす」

「ええんや。最近、アユミちゃんは変やねん。すぐアタシにばっかり怒る」

「でも、お父さんにはいらんこと言わんときや」

「言わへんよ。アユミちゃんがアタシに優しくしてくれたら」

これはもしかすると、ミカは父さんに告げ口するかもしれないと、ぼくは思った。どうしてなのかはわからないけど、父さんはミカのことを一番好きなようで、ミカの言うことはいつも信じるからだ。そのせいでミカも、父さんにすぐ余計なことを言う。

「そういうことばっかり言うから、仲悪くなんねん」

「別にアタシ、仲よおなんてしたないわ」

ミカはそう言うと、和風ハンバーグを半分、一度に口の中へ放り込んだ。

「ハウヒハンホハヘヒ……」

「何言うてるかわからへん。食べてから言い」

「アユミちゃん、彼氏おるの知ってる？　知らんやろ」

「え？　お姉ちゃんに彼氏？」

「ええこと教えたろ。この前な、三角公園のところで、アユミちゃんと彼氏が一緒にベンチ座っとってんで」

「二人だけで？」

「当たり前やん。アホやな」

「何を話しとったんかな」

「話なんて、なーんもしてへん。チューしとってんから」

ミカはタコみたいな口をして、ぼくに言った。

「それからがもっとすごいねん」

「すごいって、なんやの？」

「教えたらへん」

「ずるいわ」

「星型エンピツ、まだ持ってる？　あれ一本くれたら、教えたる」

「けち。そんなんやったら、教えていらん」

そう言って、ぼくも自分の部屋に戻った。

でも、お風呂から上がってミカと一緒にプレステで遊んでいたときに、ぼくはどうしてもその続きを聞きたくなってきた。それで結局、ミカに星型エンピツを二本もあげることになってしまった。最初は一本だったはずなのに、一度断ったから今度は二本じゃないとダメだって言われたからだ。そういうやつのことをガメツイって言うんだってさ。

「ほんで、なんやの。続き教えて」

待ちきれなくなったぼくが聞くと、ミカは耳に口を押しつけてから、ひそひそ声で言った。

「彼氏におっぱい触られとった」

「ウソや」

「ほんま。こんなふうに」

Tシャツにジャージ姿のミカは、ぼくの前で自分のおっぱいを両手でギュッとつかんだ。それから、ぐりぐりと手を動かして言った。

「……こんなふうにしてたんや。アタシ、びっくりしたわ」

ぼくもびっくりした。そりゃもちろん、お姉ちゃんがそんなことをしていたってことにもびっくりしたけど、それよりもっと驚いたことがあった。

ミカにもおっぱいがあるってことだ。女の子だから当たり前なんだけど、まさかミカのおっぱいが大きくなるなんて、ぼくは考えたこともなかった。ブラジャーだって、カッコつけてるだけかと思っていた。

そうか。やっぱりミカにもおっぱいはあるんだ。すごい。

「なんやのん」

ミカが不思議そうな顔をするので、ぼくは慌てて、何でもないよと答えた。

## 2　安藤のバカ

次の日の朝、ぼくはイライラしていた。

きのう思っていた通り、お姉ちゃんと父さんが、朝から言い争いをしたからだ。洗面所で髪の毛を直していたお姉ちゃんに父さんが話しかけたとき、口の端がはれているのを見つけてしまったのだ。それで父さんが、いったいだれに殴られたんだ

としつこく聞き出すものだから、しまいにお姉ちゃんも怒ってしまって、

「彼氏とケンカしただけやん」

と、答えてしまった。それで父さんは、ますます怒った。

もちろん、そんなことを聞いたら、ぼくだっていい気はしない。人のお姉ちゃんを殴る男をゆるせるはずがない。それなのにお姉ちゃんは彼氏のことをかばって、何をしている人なのか、何て名前の人なのか、ぜったいに話そうとしなかった。どうして自分を殴る人をかばったりするんだろう。そこまで大事なものが、この世界にあるんだろうか。ぼくにはわからなかった。

とにかく、朝っぱらからケンカしてるのを見せられたぼくは、何だかイライラしていて、授業中も休み時間も面白くなかった。

一日じゅうそんな感じだったから、給食の食器を片付けているとき、生活委員の安藤に、「ユウスケ。また上履きのまま外に出とったやろ」と言われて、ぼくはもう自分でも何が何だかわからないぐらいに頭がカッカした。

それでつい、

「うるさい。上履きで外に行きたいときは行くんや。ほっとけ」

なんて言ってしまった。

すると安藤は、思いもよらずぼくが反抗したもんだから、ちょっと目を丸くした。

「……ま、ええわ。せやけど、も一回見つけたら、先生に報告せんとあかんから」

「なんぼでも報告したらええやん。先生なんて怖ない」

ぼくは言った。「言いたいだけ言え。チクリ魔。裏切り者。世界最強のブス」

そうしたら何と、安藤は急に泣き出してしまった。しまったとは思ったけど、もう遅い。教室の前のろうかだったので、すぐに先生がやってきて、ぼくと安藤は会議室に連れていかれてしまった。

会議室で、ぼくたちは並んで座らされた。それから、どうしてケンカなんてしたのか説明させられた。安藤はずっと泣いてばかりいたので、仕方がないからぼくが自分で説明をする。自分で先生に話していると、これはどう考えてもぼくが悪いことを言ったように思えてきた。やっぱり、急に怒り出したぼくが悪いのにまちがいない。だから正直に答えることにした。正直に答えたほうが、あんまり怒られなくて済むんだよな。

ぼくが悪かったと思いますって、正直に答えるとする。そうしたらきっと先生は、

「それじゃ葉山《はやま》くん、安藤さんにあやまりなさい。安藤さんもそれでいいね」なんて言うはずだ。それでぼくがさっさとあやまってしまえば、簡単に釈放。だったら、早くあやまっちゃったほうがいいに決まってる。

……でも、予定は狂うんだよな。先生が、それじゃあやまりなさいと言う前に、いつのまにか泣きやんでいた安藤が、

「私も悪かったと思います」

と言い出した。ぼくまでびっくりした。

「もっと、優しい言いかたしたらよかったんやと思います」

「ほんなら、仲直りしなさい」

先生は言った。「ほれ、握手して仲直りや。ええな?」

それでぼくたちは、握手させられることになった。

げ〜、安藤と握手かなんて思ったけど、握手してみると手のひらが柔らかくて、そんなにイヤでもなかった。というより、何だかわからないけど、ちょっとドキドキしてしまった。カッコ悪い。

こうしてぼくたち二人は、昼休みの時間をほとんど使ってしまい、さらに少し遅

れて体育の授業に出た。六年生になったら、体育の授業を欠席するやつがすごく増えたんだけど、その日はバスケットボールの試合の日だったんで、ほとんどの男子がちゃんと授業を受けていた。それでも女子は何人か欠席していて、体育館の端っこに固まって授業を見ていた。

ぼくたちがやってきたとき、みんなは先生の前に座って、試合前の注意を聞いているところだった。そうしたら、クラスメイトのだれかが、

「ヒューヒュー」

と、ぼくたちに向かって言った。

「ラブラブ〜!」

すぐにクラスメイトのみんなが笑ったので、だれがそんなことを言ったのか、ぼくにはわからなかった。安藤は恥ずかしそうにうつむいて、体操服をひっぱったりこすったりしていた。

そうしたら急に座っていたみんなが騒がしくなって、バタバタといろんな手や足がひっきりなしに暴れまわった。何かと思ったら、ミカが男子に飛びかかってケンカを始めている。たぶん相手は、さっきぼくをからかったやつだろう。すぐに体育

の先生に引き離されると、そいつは少しだけ鼻から鼻血を出していた。もちろんミカはぴんぴんとしていた。ただし、ケンカをした罰として、二人とも最初の試合には出させてもらえなかった。鼻血を出したあいつはざまーみろだけど、ミカはちょっとかわいそうだったな。

試合中、体育館の端っこで退屈そうにしているミカのほうを見てみたら、何だかわからないけど、ぼくにアカンベーと舌を出した。何のことだかわからなくて、しばらく眺めていると、パスされたボールがぼくの頭にぶつかった。

マンガみたいな音がしたっけ。ボヨヨーン。

放課後、ぼくとコウジは放送室に入って、下校の放送をやっていた。

ぼくが「下校の時間です。校庭で遊んでいるみなさん……」なんてマイクに向かって話していると、コウジが変な絵をぼくに見せた。担任の先生の顔を描《か》いた絵なんだけど、それがすごく似ていておかしかったから、笑わないように何度も絵を向こうに払いのけた。それでもしつこくコウジはその絵をぼくの目の前に見えるように差し出す。

そのうち、絵を見ていないのにおかしくなってきて、とうとうふき出してしまい、放送の途中でマイクを切った。きっとグラウンドでは、

「校庭で遊んでいる……グフッ！　ブホホ……ブチッ！」という放送が聞こえたと思う。また先生に叱られるかもな。放送中は笑うなって怒鳴られるだろう。でも、先生は知らないんだ。普通のときならぜんぜんおかしくないことでも、放送中はとにかくおかしくてたまらないってことを。放送中にこの似顔絵を見て笑わないやつがいたとしたら、そいつは人間じゃない。そんなことができるのは、生活委員の安藤ぐらいだ。

ぼくはマイクでしゃべるのを途中でやめて、下校のときにかけるCDを流した。

「あー、もう、なんやねん。今日、また先生に怒られるのイヤや」

もうどうでもいいや。

ぼくは言った。「そんな絵、描くな」

「安藤、ぜったいにあやまらんかったやろ」とコウジ。

「うん……いや、ほんまはあやまったで、あいつ。そやから、あんまり怒られんで済んだわ」

「ほー。そうなんか」

「でも、あいつかって悪いもんな。いっつもぼくのことばっかり狙いよる」

「それはしゃーないわ。だって安藤は、ミカのことが嫌いやからや」

「ほんならミカに直接言ったらええねん」

「ミカにそんなこと言える女子がおるわけないやろ。男子かって、そんなに言えるやつおらんのに。あいつ、すぐ殴ってくるから」

　コウジはそう言うと、先生に見つからないように似顔絵を破こうとした。でも、もったいないので、その絵はぼくがもらうことにした。ついでにサインもしてもらう。せっかくだから、部屋の壁にでもはっておこう。

「すごいきょうだいがいると、大変やなあ」

「ぼくは別にミカのこと、大変なんて思ってへん。大変なんは安藤や」

「安藤も、あの口がなかったら、けっこうかわいいのにな」

「ウソや〜。コウジ、そんなん思ってたん?」

「だって、みんなそう言ってんで。性格直ったらかわいいかもしれんって」

「せやろか」

「せや。ほんで、性格はいつか直るんやから、ユウスケが直したれ」

「そんなんコウジがやれ」

「でも、顔だけやったらミカのほうがかわいいかもしれん。あいつのほうが身体もええ」

「なんやって？」

「ミカのほうが、おっぱいもでかい」

「変なこと言わんとき」ぼくは言った。

「せやけどな、最近、やっぱりでかいで。ユウスケは今日、叱られとったから昼休みなかったやろ？　ドッジボールやってたんけどな、男子はみんなミカにだけ本気でボール投げるやん。でも、そういうのやめたほうがええんちゃうかって、言い出したやつがおるんや。それぐらいでかいんや」

「なんで胸がでかくなったら、本気で投げたらあかんのん」

「だってそりゃ」

コウジはなぜだか顔を赤くした。「おっぱい痛いやろ。最近、ミカは痛そうやもん」

「そんなん関係ないわ。なんぼでも強い球投げたったらええ」

ぼくはそう言うと、CDを切って家に帰る準備を始めた。

「あ、もしかしたら怒った？　言い出したの俺《おれ》とちゃうで」

「怒ってない」

でも本当は怒っていた。だから、せっかくコウジは今日、塾が休みの日だったのに、用事があるから遊べないなんて言ってしまった。


ぼくたちが住んでいるマンションの一階には、いろんな店がある。喫茶店と電気屋、携帯電話を売ってる店。そしてCDショップ。ぼくたちの部屋は302号室なので、CDショップの隣りにある階段を使ったほうが近い。でも、マンションの人は、「変な人が出るから、子供は反対側にある大きな階段を使うか、真ん中のエレベーターを使いなさい」って言っていた。そう言われてはいるんだけど、大きなほうの階段は部屋から遠いし、エレベーターに乗るときは、管理人室の前を通らなくちゃいけない（管理人のおじさんは、ちょっと顔が怖い）から、やっぱりぼくは小さいほうの階段を使っていた。

だけど今日は、その階段のところに変な人がいた。本当は変な人じゃなくて、安藤だった。やっぱりエレベーターを使おうかとも思ったけど、もうここまで来て引き返すのも何だか変だ。逃げたと思われる。ぼくが逃げる理由なんて、どこにもないのに。

「何してるん」ぼくは恐る恐る言った。「だれか待ってるんか」

「ここ、ユウスケの家やったんか」

「前、教えたことあるやん」

「ふーん。そんなん忘れとった」

安藤は、階段の上のほうを見た。「あんたんところ、なんで団地に住まへんの」

「そんなん知らん。お父さんが決めたことやから」

「ふーん」

安藤は、また階段の上を見た。

「あんたパソコン持ってるんやって？」

「そうやけど」

「今度、見せてもらいに行くかもしれへんわ。アケミちゃんと一緒に。コウジくんも呼んどいたらええ」

「パソコンで何するの？」

「年賀状の作り方、教えてもらお思うて」

「お正月なんてまだまだ先やんか。今、五月やで」

「できそうやったら、私も買ってもらうねん。ほんまは学校でやらせてくれたらええのに、先生、自由に触らせてくれへんやろ。みんなでインターネット見るだけで、ちょっとだけしか触れへんもん」

「ぼくんちも、あんまりインターネットはできへんで」

「かまへん。年賀状が作れればいいんや」

安藤は言った。「じゃーね。あ、そうや、これあげる」

安藤がくれたのは、すごく小さなメモ用紙だった。そこにはなぜか、水性ペンでケーキの絵が三つ描いてある。こんなもの、どうしようっていうんだろう。せめて、今日はごめんねぐらい書いてあれば、少しぐらい安藤のことを好きになったかもしれないのに。

ぼくはそのメモをポケットにしまいこんで階段を上がろうとした。すると、またたれか階段のところにやってきて、ぼくの名前を呼ぶ。安藤が戻ってきたのかと思ったけれど、それはミカだった。自転車のままマンションの中まで入り込んできたらしい。

「イヤやー。さっき、安藤おったわ。怖いなあ」

「どこか行ってきたんか」

「うん。でも、かばん置いたらすぐにオトトイのところへ行くねん。ユウスケも来る?」

「じゃ、行く」

そこでぼくたちは、かばんだけ玄関に投げ捨てて、それからすぐに自転車で団地に向かった。

この町は、ほとんど全体が団地でできあがっているような町だ。学校の友だちも、ほとんどみんな団地に住んでいる。だからみんなの住所も、D－11とか、B－5とか、そういう覚えづらい記号ばかりだ。でも、本当はぼくもマンションじゃなくて、団地に住みたかった。特に、〝星型団地〟っていうやつがいい。海にあるテトラポッドみたいな形をしていて、団地の真ん中にらせんの階段があるやつだ。階段の上から下に向かって叫べば、同じ団地に住んでいる友だちが、一人ぐらいは階段のところに出てくる。それが何だかうらやましかった。ぼくもそんなふうに、階段の上から友だちを呼んでみたい。

ところで、オトトイの住んでいる団地は、星型団地みたいに新しい建物じゃない。昔からここに住んでいる人たちばかりが住むところで、今ではおじいちゃん、おばあちゃんばかりになっている。ほかの新しい団地とちがって、そういうところは、たいてい庭に何かを植えているみたいだった。ぼくもベランダにプチトマトを育てているけど(かつおぶしのパックについていた種を植えたら、本当にちゃんとトマトがなった)、こういう団地で作るのとはまるでちがう。こっちのほうが、もっと本物っぽい感じがした。

ぼくたちは団地の前に自転車を停《と》めると、だれにも見つからないよう、静かに庭の中へと侵入していった。何せここはぼくたちが住んでいる団地じゃないわけだから、見つかったら怒られるに決まっている。トマトの木を過ぎて、じめじめした地面を歩いて、ようやくキウイの木の前にまでやってきた。そこでもう一度、辺りにだれもいないのを確認してから、静かにベランダの下にもぐっていった。何だか、本物のドロボウみたいだ。

　サラサラした地面のすみっこには、きのうと同じようにオトトイがいた。逃げも隠れもしないで、じっとしている。そばには、きのうあげたキウイが、まだ半分ほど残っていた。

「ほら、食べてるやろ、キウイ」

「ほんまや。このすっぱいのが好きなんやなあ」

　ぼくはそう言って、オトトイの背中をなでた。うんともすんとも言わないから、生きているのかどうかもよくわからない。背中の毛は、掃除機の中に入っている綿ゴミみたいにザラザラしていて気持ち悪い。でも、触ってみるとほんの少し温かくて、とにかく生きているということだけはわかった。

　ミカはオトトイを片手でつかんで、自分のひざの上に置いた。ぼくはその横で姿勢を低くしたまま座った。長くいると、首が痛くなりそうだ。

「ユウスケ、安藤を泣かしたったんやって？」

　ミカはオトトイをなでながら言った。「それで一緒に怒られとったんやな」

「そんなに怒られへんかったわ。それよりミカ、あんまり変なことでケンカすんな」

「アタシ、ケンカしたっけ？」

「もう忘れとる。体育の授業に出たとき、ケンカしたやないか」

「あー。あんなん、ケンカって言わへんのや」

そう言うと、ミカはオトトイをまた地面に置いた。

「それより今日の朝、アユミちゃん、お父さんとケンカしてたやろ？　あれ、アタシがお父さんに言ったとか思ってへんやろうか」

「思ってへんわ。変なこと気にするんやな、ミカは」

「せやけど、アユミちゃん、アタシとあんまり仲よくないやん。それでまた、仲悪うなったら、かなわんもん」

「何も思ってへん」

「でもな、ユウスケからアユミちゃんに聞いとってくれへん？　な？」

「聞けたら聞いといたる」

ぼくはまたオトトイの背中をなでた。

「それより、お姉ちゃん、ほんまに殴られたと思う？　彼氏やのに」

「ユウスケは古いな。今は、彼氏かって殴るんや」

「せやろか。コウジのお姉ちゃん知ってるやろ。大学に行ってるお姉ちゃん。あの人にも彼氏おるんやけど、殴られたなんて聞いたことないで」

「ふーん。大学行ったら、あんまり殴らへんようになるんとちゃう？　大人になったから」

「なんでや？　高校生の次は大学やろ。なんで急にそうなんねん」

「だって、大学生になったら、はたちやもん。はたちって知ってる？　二十歳のことや」

「二十歳になったら、とつぜん大人になるんか」

「そりゃそうやん。憲法にもそう書いてあるんやって。だれか言っとったわ。アタシたちは、まだまだ、ずーっと先のことやけどな」

「でも、来年は中学生やー」

「イヤやわー。なんか、中学生にならんでええような方法ないのん」

「なんで？　中学生になりたないの？」

「なりたないよ。だってさあ、学校の制服着やんとあかんやろ。アタシ、セーラー服なんてぜったいに着たない。女みたいやもん」

「だって、男の制服着るのもイヤやろ」

「そんなことしたら、アホと思われるやん」

「じゃあ、仕方ない」

「でもイヤやー。どこか、制服のない中学に行きたいわ」

「私立でどっかあんのちゃう？　でも、私立に行くんやったら、これから勉強しやなあかんようなるで。コウジみたいに塾に通わなあかん」

「ほんなら、ジャージが制服になってる学校がええわ」

「そんなん、よけいカッコ悪いわ」ぼくは言った。「ぼくは早く制服が着たい」

「アタシは、制服着やんで大人になりたい」

でも、おっぱいは大人になりかけている……なんてぼくは思ったんだけど、言ったら殺されるから言わなかった。でも、ミカはドッジボールの話を知っているのかな。みんな、ミカに本気でボールを投げるのをやめたってこと。女扱いされるのをミカはすごくイヤがるから、ばれたら怒るだろう。気をつけたほうがいいよって、コウジに言っておこう。

「制服ない学校に行ってええかどうか、今日帰ってきたら、お父さんに聞いてみよ」

ミカは言った。「なあ、ところで、オトトイはなんていう動物なんかわかったんか？　ちゃんと調べてくれた？」

「今調べてるけど、まだわからん。モグラやないのは確かみたい」

「せやから、アタシがそう言ったやろ。モグラはもぐるからモグラなんや」

「なんとなくやけど、オトトイって少し大きなったような気いせえへん？」

そう言って、ぼくはまたオトトイをつついてみる。すると、少し背中が固くなった。

「きのうより、ちょっと大きなったような気がするわ。オトトイって、大人になったらどれくらいになるんやろか」

「わからんな」とミカ。「もうあんまり大きならんかもしれんし、めちゃくちゃ大きなるかもしれん。でも、オトトイが大きなったら、ほんまにかなわんなあ……こんなどんくさいの大きなったら、ほんまジャマそう」

「上に乗っても、あんまり面白くなさそうやしなあ」

「さ。今日はキウイもあまってるから、もうええわ。帰ろ」

ミカとぼくは、サヨナラの代わりにオトトイをポンポンとたたいてから、ベランダを出ていった。オトトイは嬉しがっているのかイヤがっているのか、まるでわからなかった。

制服のない公立中学校に入れるかどうか、父さんに聞いてみると言っていたミカだったけど、その日の夜は、そんな暇なんてまるでなかった。仕事から帰ってくるなり父さんは、お姉ちゃんと朝の続きを始めたからだ。ようするに、だれに殴られたかってこと。

でも、よりによってお姉ちゃんはその日、どこかでお酒を飲んで帰ってきた。父さんもその日は珍しく家でビールを飲んでいた。そんな二人がケンカしてたんだから、部屋じゅうがお酒くさくてたまったもんじゃない。声もいつもより大きい。だからぼくは、さっさと自分の部屋に戻ることにした。人がケンカするのを見るのって、すごくイヤだ。だからぼくは大人になっても、できるだけケンカはしないでおこう。せめて、お酒を飲んでケンカするのはやめよう。

でも、大人ってケンカが好きなんだよな。前も、電車に乗っているときに、ぜんぜん知らないオジサンに怒られたことがある。お前たちはうるさいって急に言われたんだけど、そのときぼくは一人で母さんに会いに行っていたわけだから、うるさいはずがなかった。オジサンはビニール袋に包んで、ビールを飲んでいた。よっぱらっていて、すごくしつこかった。ああいう人は、すぐ死んでしまえばいいのにな。でも、ああいう人に限って死なないって、テレビでだれかが言ってた。神様は、気に入った人間から天国に連れていくから、イヤなやつに限って死ぬのが遅いんだって。やだね。

しかし、こんなぼくとちがって、ミカは人のケンカを見るのが大好きらしい。お姉ちゃんが怒られているようなときは、いつも何だかんだ言いながらそばにいて、話を最初から最後まで聞いている。もちろんその日は、二人の話が終わったら中学校のことを聞くってことがあったかもしれないけど、でもそんなのはあしたに回せばいいことだ。何も今週中に中学生になってしまうわけじゃない。

だからぼくは、トイレに行ったついでに、応接間にいたミカを呼んだ。するとミカは、すごくイヤそうな顔をして、ぼくの部屋にやってきた。まるで、面白いテレビでも観ているのをジャマされたとでも言いたそうな顔だった。

「なんやのん。テレビ観てたのに」

ミカは本当にそう言った。ウソつけ。

「早く続き観たいわ」

「なんでミカが料理の番組なんて観るねん。したこともないくせに」

「でも観るのは好きなんや」

「もう、お姉ちゃんとお父さんでケンカしてんねんから、行かんとき。一緒にゲームでもしよ」

「どうせユウスケが勝つもん、イヤや」

「そうやって顔出したら、口がはれとったってこと、ミカが告げ口したみたいに思われるやろ。そしたら、またケンカになるやん。ゲームせんでもええから、行かんとき」

「ほんなら、ゲームするわ。ケンカ見れへんのやったら、あと何もすることあらへんもん」

「やっぱりケンカ見てたんや」

「テレビって言うたの」

ミカはそう言って、ゴソゴソとプレステの用意を始めた。

一時間ぐらいゲームをやって、そろそろ飽きてきたころ、すごく大きな声が応接間からした。そして、玄関のうるさいドアが、その日の夜はいつもよりずっとうるさい音をたてて閉まった。というより、お姉ちゃんの声がうるさかった。

「彼氏んとこに行く！　もう帰ってこやへんで！」

だって。

それでぼくたちがようすを見に応接間に戻ってみると、やっぱり父さんは一人だった。何もなかったような顔をして、じっとニュースを観ている。きょうだいが一人減ったらどうするんだろうなんて、ぼくはそんなことを思ったけど、何だか父さんがかわいそうに思えて、何も言わなかった。

父さんって孤独だ。孤独って言葉、知ってる？　一人ってこと。ようするにさびしいってことだ。それなのに大人って、さびしいって言わないんだよな。

なぜか？

そんなの、ぼくが知ってるわけがないだろ。知ってたら、さっさと大人になってるよ。

## 3　ごめんね

コウジは人のパソコンを使って変な絵を描いていた。

できるまで見るなってことは、やっぱり変な絵に決まっている。仕方なくその間、天体図鑑をパラパラめくって時間をつぶした。もう何度も読み返しているので、どのページに何が載っているのか、目を閉じてもわかるんだけど。

で、ぼくはこの図鑑を開くと、いつも必ず一度はスピカのページを見る。写真を見るだけじゃなくて、文章も全部読む。この図鑑によるとスピカはすごく明るい星で、あんまり速く回転しているものだから、今ではレンズみたいに歪《ゆが》んでいるそうだ。回転し過ぎで、つぶれ始めてるんだって。でもますます回転は速くなっているから、いつかペタンコになってしまうだろう。

そしてこのスピカのことを考えるたび、なぜだかわからないけど、ぼくはミカのことを思ってしまう。スピカとミカは、どこか似ている。回転が速すぎて、つぶれてゆくような感じが、何だかミカと似ているような気がしていた。

「できた！」

　とつぜんコウジは叫んだ。

「あー、やっとできたわ。さっそくプリントアウトしてみよう」

「どんな絵か見てええ？」

「あかん、印刷してから見せたるわ。これ、プリンターってところをクリックしたらええんやな？」

「そうや」

　ぼくはそう言ったあと、プリンターに紙を差し込んであげた。しばらくすると、プリンターはガジガジ言いながら、一枚の絵を吐《は》き出し始めた。それはすごく汚い、女の人の絵だった。裸の絵だった。

「なんやこれ」

「ユウスケの姉ちゃん」

「なんで裸やの」

「服描かれへんかったから、裸にした」コウジは言った。「この絵も壁にはっといてくれな。サインもしたろか」

「こんなんはっとったら、変態と思われるやろ。あとで捨てる」

そのとき、チャイムが鳴った。

実は今日、安藤たちが家に来るということを、ぼくはまだコウジに言っていなかった。もし言っていたら、コウジがぼくの家に来るはずがない。塾の予習をするとか言って、逃げたに決まっていた。

「あれ？　ミカが帰ってきたんとちゃうか？」

「あいつ、今日は空手の日や。だれやろうな」

ぼくはぜんぜん知らないふりをしてインターホンに出てみた。すると、それはやっぱり安藤だった。何だか、急にしんどくなってきた。でも、追い返すわけにもいかないから、玄関に行ってドアを開けると、そこには本物の安藤とアケミちゃんがいた。

本物を見ると、ますますしんどくなってきた。

「来たで」

安藤は言った。その後ろでアケミちゃんはモジモジとしていた。彼女はいつもモジモジしている。

「じゃ上がり。アケミちゃんも上がって」

「あの、ユウスケくん。これ」

アケミちゃんは安藤の後ろから、ぼくに大きな箱を差し出した。「これ、お母さんが持っていけって。カステラ」

「あー、そう。えーと、サンキュ……ほら、上がって」

二人は何も言わないまま、のそのそとぼくの家に上がった。応接間にいてもやることがないから、まっすぐぼくの部屋に入ってもらう。部屋のドアを開けると、コウジが目を丸くして女の子二人を見た。

「あー、なんかこの子ら、パソコン教えてほしいんやって」ぼくは言った。

「コウジくん、何やってたん？」

安藤がモニターをのぞき込もうとすると、コウジは素早く画面を閉じた。その間にぼくは、プリントアウトされた絵を裏返しにして、ベッドの下に隠しておいた。

「なんか変なもの見えたけど、まあ、ええわ。どうせあんた変態やから。さー、ユウスケ。パソコン教えてや」

「あ、安藤、パソコン使うん？　ほんなら俺、そろそろ帰ろうかな」と、コウジ。

「今日、塾が休みなんやろ。もっとおったらええ。帰ったって、やることないやんか」

「まあ、そうやけど……」

あとでコウジは怒るだろう、きっと。でも、勝手に人のお姉ちゃんの裸を描いたんだから、これでおあいこだ。

それで結局は四人でパソコンをいじって遊ぶことになった。途中、コウジがおなかが減ったというので、アケミちゃんにもらったカステラを台所で切って、皿に分けて運んであげた。すると、ちょっとぼくがいない間に、三人はそれなりに仲よくなっていて、学校ではぜったいに見られないぐらい、みんな楽しそうにしゃべっていた。いつも学校では下を向いてばかりいるアケミちゃんも、外ではけっこうしゃべる女の子なのかもしれない。

絵の描きかたをとりあえず教えてやったあと、安藤は自分一人でいろいろ絵を描き始めた。また、ケーキの絵を描いている。こいつ、よほどケーキが好きなんだろう。アケミちゃんとコウジは、一緒になってプレステで遊んでいた。アケミちゃんは顔に似合わず、けっこうゲームがうまくて、操作するだけでも難しい戦闘機のゲームを簡単に覚えてしまった。このゲームには慣れているはずのコウジが、アケミちゃんに三回も撃墜されて死んだ。

いつのまにかみんなでワイワイ騒いでいた。すると、とつぜん安藤が、

「トイレどこなん？」

と言う。ぼくは、安藤をトイレに案内してやった。

ぼくの家のトイレはウォシュレットがついていて、使ったあとで下から水がふき出てくる。安藤はウォシュレットを使ったことがないので、使いかたを教えてやった。

「これでわかった？」

ぼくは言った。「でも、使うのイヤやったら使わんでもええねんで」

「ちょっとユウスケ、そこ閉め」

「あ、トイレやったな」

「そうやなくて、ユウスケに話があるから、ドア閉め」

安藤はトイレに座ったまま、ぼくに命令した。

何だか変な感じがした（そりゃ、女の子と二人でトイレに入ったら、変な感じがするに

決まってる。安藤だって、いちおうは女の子だけど、トイレで話し合っているのを見つかるのはイヤなので、ぼくは素直にドアを閉めた。

「あ、安藤な。うちに来る前に服着替えてきたんや。女はすぐ服を着替えんな」

ぼくは何か話さなくてはいけないと思って、適当に話を始めた。切れかかっている芳香剤の匂《にお》いが、まだ少しだけする。でも、それはもしかすると安藤の匂いかもしれないなんて、ぼくは変なことを思った。どうしてこんなことを考えてしまうかというと、それはきっと、安藤が短いスカートをはいているからだろう。トイレに座ると、スカートの中が見えそうで見えない。相手が安藤なのに、どうしてもぼくはその部分を見てしまう。「あー、トイレの中は暑いな。さ、話ってなんなん。はよ部屋に戻ろ」

「今日、なんでアケミちゃんを連れてきたか、ユウスケはわかってるやろうな」

「え？　パソコン覚えたいからやろ？」

「アホやなあ。アケミちゃんはコウジくんのことが好きなんやで。そんなこともわからへんのん」

わかるわけがない。そんなこと、今初めて知ったもの。

「せやから、あの子はパソコンあんまりやらんかったやろ。だいたいあの子かって自分のパソコン持ってるんや」

「へー。ほんなら、最初からコウジの家に遊びにいけばよかったな」

「そんなん、怪しまれるやんか」

安藤は言った。「だからな、ユウスケが聞き出して。コウジってだれが好きなんか、ユウスケやったら聞けるやろ」

「それは難しそうやなあ」

「なんでやの。そんなの簡単やんか」

「だって、そういうの聞くんやったら、自分もだれが好きか言わなあかんやろ。それがイヤやねん」

「で、ユウスケはだれが好きなん」

「なんでそんなん安藤に教えなあかんねん」

「ほんなら、私の教えたるから、ユウスケも言い」

「自分の教えなあかんのやったらイヤや。教えていらん」

「なんでよ。卑怯《ひきょう》やわ」

「卑怯とちゃうやろ。ぼくは、安藤のも教えていらん」

「ユウスケ、アホやわ。私はユウスケのこと好きなん、わからへんのんか」

またた。そんなこと急に言われたって、わかるはずがない。好きなら、もっと優しくしてくれればいいのに。

それにぼくは、安藤のことがあまり好きじゃない。そりゃ、こうしていると安藤のスカートの中は気になるけど、安藤本人は好きじゃなかった。ぼくは、うるさい子が嫌いなんだ。アケミちゃんほどじゃなくても、とにかく静かな子がいい。

「さ、私が言ったんやから、ユウスケも言い」

「ぼくは言いたない。言いたないって言うより、好きな人なんておらん」

「そんなんウソや。ぜったい、一人ぐらいはおる」

「おらん」

「ユウスケ、もしかしてミカちゃんが好きなんとちゃう？　きょうだいで好きになったらあかんねんで」

「安藤。お前、アホやろ」

「でも、みんな言ってる」

「みんなってだれや」

「みんなはみんなやん。コウジくんやって、その話知ってるはずやで」

ショックだった。そんなことだまっていたなんて、ひどい。

そりゃあぼくは確かに、ミカと仲がいい。でもそれはきょうだいだからだ。きょうだいは仲よくしたほうがいいに決まってる。母さんがいないんだから、きょうだいはみんな仲よくしないと、家の中がつまらなくなる。

「もうええ。おらんて言ったらおらん。はよトイレせえよ」

ぼくはまた強く言ってしまった。女の子にそういう言いかたをするのはいけないってわかっているんだけど、何だか安藤にはすぐに腹が立つ。

「ユウスケおったらできへんやろ。変態」

ぼくはさっさとトイレを出て、冷蔵庫からウーロン茶を取り出して少し飲んだあと、そのまま部屋に戻った。部屋では、アケミちゃんとコウジはますます楽しそうにしていたので、何だかぼくがいるとジャマなようにも思えた。

いや、ここはぼくの部屋なんだから、関係ない。それにどのみち、ぼくは関係ないようだった。まるでぼくなんて最初からここにいないみたいに、コウジはやたらとアケミちゃんと仲よくしている。

ヒューヒュー。ラブラブー！

心の中でそう言ってみたら、急に自分がバカになったような気がした。

安藤たちが帰ったあと、ぼくは本屋へ行くために、途中までコウジを送っていった。そのときコウジに何気なく、ぼくとミカのことで何か変なうわさをしてるやつがいるのかと聞いてみたら、コウジはすごく言いづらそうな顔をして、

「まあ、そんなこと言うやつなんて、放っといたらええねん」

と言った。

でもぼくはやっぱり、放っておくなんてできない。ぼくのことを言うのはともかく、ミカまで一緒になって言われるのはゆるせない気がした。だから、そんなことを言っているやつの名前を教えてくれってしつこく聞いたんだけど、コウジはぜったいに最後まで教えてくれなかった。教えてくれないままで別れてしまったので、コウジの好きな人がだれなのか聞いておくのを忘れた。でも、それはあした聞けばいいだろう。何だか今日は、すごく疲れた。

本屋で新しいマンガを買ったあと、コンビニに行って残りのお金でアイスを買った。それを食べながら家まで、とぼとぼと一人で帰ることにした。

ぼくは今よりもずっと子供のときから、夕方がすごく苦手だ。何か遊びに熱中して、ほかのことを忘れているときは、嫌いじゃないんだけど、夕方に一人でいると、何だかすごくさびしい気持ちになる。だからなるべく夕方はだれかと一緒にいたかった。でも最近は、塾に通ってる子が多くなったから、夕方も一人でいることが多い。さびしいよってだれかに言いたくても、それを言う相手がいなかった。

そうしたら、急にオトトイに会いたくなってきた。オトトイも一人でキウイを食べるだけだと、さびしいんじゃないか。今日、ちゃんとミカはオトトイに新しいキウイをあげたかな。

そう考えたぼくは、家に帰る方向とはちがう道に曲がった。オトトイのようすを見にいくつもりだった。それでオトトイがいる団地まで行ったには行ったんだけど、その日はおばあちゃんが庭に出て、トマトの木の手入れをずっとやっていた。そうなるともちろん、ぼくが勝手に庭を横切っていくわけにもいかないから、遠くからベランダをずっと眺めていた。だけど、たくさんの葉っぱがじゃまをして、オトトイがいるベランダの下までは見ることができなかった。

「ぼく、トマトほしいか?」

おばあちゃんが、おでこの汗をふきながらぼくにそう言った。道路から庭の中をじろじろ見ていたのがばれてしまったのかと思ったぼくは、

「いらん」

と言って、もときた道を帰っていった。

あーあ。どうにかオトトイを飼うことはできないかな。こんなふうに隠れて飼うんじゃなくて、ちゃんと自分の家のベランダで。鳴きもしないし、暴れるわけでもないし、飼ったってほかの人に迷惑はかからないだろう。

でも、そうすると毎日、キウイを取りにこの団地までやってこなくちゃいけなくなるのか。ドッグフードでも食べてくれれば、すごく楽なんだけど。

その前に、父さんがダメって言うだろうな……。父さん、動物が好きじゃないから。

ところでお姉ちゃんのことだけど、あれから本当に帰ってこなくなっていた。

でも、学校から電話がかかってこないところからして、ちゃんと彼氏の家から通

っているんだろう。父さんはそのことを何も話してくれなくて、いつもと同じようにごはんを食べ、ときどきビールを飲んで、それから会社に通っていた。ぼくたちも同じだ。

だけどある日、ぼくが学校から帰って玄関で靴を脱いでいたとき、電話が鳴った。その日、ミカは漢字の居残りテストをさせられていて、家にはぼくしかいなかった。電話口に出たとき、最初、それは家政婦さんかと思った。どうしてかというと、去年から来てくれている、この家政婦さんは少しおっちょこちょいだったから。家に帰ってから、「ごめん、おみそが出しっぱなしだから冷蔵庫に入れておいて」だとか、「ごめん、私アイロンのコンセント抜いたかしら」なんて、しょっちゅう電話をかけてくる。

でもその日の電話は家政婦さんじゃなくて、お姉ちゃんだった。電話で聞くと、お姉ちゃんの声は、もっと大人の人みたいに聞こえた。

『ユウスケ？　元気か』

お姉ちゃんは元気そうだった。

「うん。今、彼氏のところにおるん？　学校はちゃんと行ってる？」

『そんなことあんたが心配することとちゃうよ』

お姉ちゃんは言った。『なあ、そこにミカはおるの？』

「おらん。学校で漢字のテストやらされてんねん」

『ほんならな、あんた、お姉ちゃんの部屋に入ってええから、今から言うもん持ってきてくれへんか？』

「でも、ぼくお姉ちゃんの彼氏の家なんて知らんで」

『彼氏のところやなくて、お母さんのところにおるねん。あんた、家知ってるんやろ？　何度か来たことあるって、お母さん言ってるけど』

ちょっと恥ずかしかった。ぼくたちは母さんの家に行くことを禁止されていたわけじゃないけど、別にさびしくないから行かないよなんて、いつも強がりを言っていた。だからみんなの前だと、ぼくは一度も母さんの住んでる家には行っていないことになっていたのだ。ミカは本当に行っていないんだから、ぼくだけ隠れて行ったことがばれたら、きっとバカにするだろう。男のくせに甘ったれなんて言われる。

『ユウスケ、聞いてる？　ええか、これからお姉ちゃん、持ってきてほしいもん言うから、メモするねんで』

「わかった」

お姉ちゃんの持ってきてほしいというものは、ほとんどが洋服だった。あと、何枚かのCD。そのほかにはほとんど何もいらないみたいだった。教科書や参考書が部屋に置いたままになっているけど、勉強はしなくていいのかな。

それでぼくはほかに必要そうなものも一緒に、お姉ちゃんの使っていた大きなバッグに詰め込んであげた。でも、詰め終わったバッグを持ち上げてみると、かなり重たい。これを持って、一人で母さんの家まで行く自信がなかった。だからやっぱり、余計なものはバッグから取り出して、お姉ちゃんに言われたものだけを持って家を出た。それだけでもすごく重たくて、肩が痛かった。

バスに乗って枚方《ひらかた》市駅まで行く。そこから、〝くずは〟という駅まで電車に乗る。ときどき京阪電車に乗って大阪に行ったり、ひらかたパークに行ったりすることはあるんだけど、くずはにはめったに行くこともないから、ちょっと緊張した。

自動改札機を抜けて、くずはの駅を降りる。お姉ちゃんが迎えにきてくれていた。一週間ぐらいしかたっていないんだけど、何だかお姉ちゃんは、すごく遠い人になってしまったような気がした。だれか知らない人のお姉ちゃんのような、そんな気がする。

「ユウスケ、重たかったやろ」

お姉ちゃんはそう言って、ぼくの持っていたバッグを持ち上げた。

「みんな元気なん？」

「元気」

「私も元気や」

「ほんなら帰る」

ぼくがまた駅に引き返そうとすると、お姉ちゃんはぼくの腕をつかんで言った。

「なんやのん。来てすぐ帰らんでええやろ。今日はお母さんも休みの日やで。ちょっと顔見せていき」

「でも、ぼくは別に……」

「照れやんでええの。ほら、はよ行くで。今日はお母さんと一緒にごはんを食べていくんや。私とお母さんで、めちゃくちゃ大きいハンバーグ作っててん。ほんまに、めちゃくちゃ大きいやつやから、見たらびっくりするわ」

「これぐらい？」

ぼくは両手で輪を作った。そうしたらお姉ちゃんは笑って、

「そんなもんとちゃう。まあ、ええからおいで。家には、ごはんを食べてくるって電話入れとき。ほら、携帯貸したる」

携帯を渡されたので、ぼくは家に電話をかけた。ミカが出てきたから、ぼくは友だちのところで夕飯を食べてくるからとウソを言った。だから、ぼくの分まで夕飯を食べてもいいからって。そうしたらミカは、ユウスケの分のアイスが残ってるけど、それも食べていいかと聞いてくる。

いいよと答えると、ミカは電話の向こうで、やったーと言った。何だか、ミカに隠れて母さんに会っているのは、すごく卑怯なことをしているような気がしたので、ぼくはそのあとすぐに電話を切った。

携帯電話を返すと、お姉ちゃんはぼくの頭をくしゃくしゃにして笑った。

「あんたアホやな。なんでミカに変なウソつくん。お母さんのところで食べるって言ったらええやろ」

「まちがえただけや」

そう言うと、お姉ちゃんはさらにぼくの頭をくしゃくしゃとかきまわした。

母さんの家は、駅から五分ぐらい歩いたところにあるマンションで、ぼくたちの住むマンションよりは少し小さい。でも、一人で住んでるから、それでちょうどいいんだろう。あんまり大きなマンションでも、一人で使いきれないだろうから。

玄関のドアを開けると、母さんまでぼくの頭をくしゃくしゃとやった。

「よお来たな、ユウスケ。あんた、また大きくなったかもしれんわ。ほんまに」

ぼくは何も言わずに部屋に上がって、応接間のソファーに座った。ハンバーグの焼けるいい匂いがする。テーブルの上には大きなホットプレートが用意されていて、どうやらそこでハンバーグを焼いているらしかった。お姉ちゃんがホットプレートのふたを開けると、ホットプレートと同じぐらい大きな湯気が、ボワンと上がって消えた。

ホットプレートを全部使った、大きなハンバーグだった。まわりには、せま苦しそうに飾り用のニンジンが並べられていた。

「どない？　すごく大きいやろ」

お姉ちゃんは嬉しそうだった。ぼくも、巨大ハンバーグは嬉しかったんだけど、どうしてもミカを裏切っているような気がして、嬉しい顔はできなかった。

「ほんまは、ミカも来てくれたらよかったんやけどなあ」

母さんはサラダの用意をする途中で、ハンバーグのようすをちょっと見た。「でも、忙しいんやったら仕方ないわ」

「ミカが来たら、むちゃくちゃになるやろ」とお姉ちゃん。

「妹にそんなん言うたらあかんよ。あの子はそりゃむちゃな子やけども、その分、ええところがいくつもあるんやから」

「私には、そのええところっていうのがなんなんか、よおわからへんわ」

「今にわかるやろ。私はちゃんとミカにだって、ええところ持たせて産んだんよ」

いつもならお姉ちゃんはそこで何か文句を言うはずだったけど、母さんの前では、そうだといいけどねと、楽しそうに笑うだけだった。母さんも、お姉ちゃんにそれ以上、何も言わなかった。

「ちょっとユウスケな、食べる前に爪切りなさい。なんでそんなに伸びてんのん」

「たまたま切んの忘れとった」

「はい、手出しなさい。お姉ちゃん、ちょっとそこから爪切り取って」

ぼくは母さんに指を捕まれて、ぐっとひっぱられた。それから、小さな爪切りを使って、爪を一枚ずつていねいに切られた。爪ぐらい自分でも切れるんだけど、何だかそのままにしておきたい気がしたので、ぼくはだまって自分の指の先を見つめていた。

「やっぱり、あれやな。お姉ちゃん、はよ帰ったらんと心配やわ」

「私いたら迷惑?」

「迷惑やないけど、まだユウスケたちは子供やから、あんたがしっかりついてやらんとあかん。なんぼ家政婦さんをやとってるからって、爪まで切ってくれへんやろ」

「爪ぐらい自分でも切れる。ほんまにたまたま忘れとっただけや」

「私、お父さんのところなんて帰りたないわ」

お姉ちゃんは言った。「今ごろせいせいしてるんとちゃうか。あの、新しい女を連れてくる気やねんで、あの鳩山って女な。ユウスケやって知ってるやろ」

「ぼくは何も知らん」

「電話きとったやん。あんたたちのおらんときに、一度だけ私に会いにきたんよ。何か、カッコつけのイヤな感じの人やったわ。それに、東京弁でしゃべりよる。気持ち悪いわ」

「お姉ちゃん、そこらへんにしときや」母さんが言った。「まだユウスケは知らんでええ」

「お父さんが、だれかと結婚するってこと？」

「そうかもしれんってことや。でもあんたは、余計なこと言ったらあかんのやで。お父さんかって、その鳩山さんかって、いろいろ考えとるんやから。ええな？」

「別に、そんなん気にもならんわ」

ぼくは言った。

「そうや。それにもし、ほんまにお父さんが結婚したら、あんたお母さんが二人もできるんやで。ええことや」

「お年玉が増えるなあ」

「ユウスケは子供やな」と、お姉ちゃん。

「せやからお母さんは、はよ帰らなあかんって言ってるんやないの」

こうして、全部の爪が短くきれいになった。

それからぼくたちは、巨大ハンバーグを食べた。食べられそうにもなかったけど、結局、三人で全部食べてしまう。ぼくがほとんど食べてしまったからだ。でも、おなかがいっぱいになると、ぼくはまたミカのことばかり考えるようになってしまった。ハンバーグを半分わけてあげればよかったし、母さんにも会わせてやればよかった。

早く家に帰りたいと思った。

ここにいるのはぼくの母さんで、隣りにいるのはぼくのお姉ちゃんなんだけど、ここはぼくの家じゃない。何だか、人の家でごちそうになったような気がして、仕方がなかった。だからぼくは、はち切れそうなおなかをがまんして、すぐ家に帰ることにした。

母さん、ごめん。嫌いじゃないんだけど、何かちがうんだ。

## 4　ミカのすっぱい涙

家に戻ると、ミカがマンション前の階段でぼんやりと座ってマンガを読んでいた。

わざわざ、懐中電灯を使って読んでいる。

「何してんの、こんなところで」

「ん。家にいても暇やから、外でマンガ読んでみよう思うてん。そやけど、外で読むんは、ちょっとしんどいな」

「まだ、だれも帰ってきてへんの？」

「お父さんが、友だち連れてきてる。中で一緒にビール飲んでるわ」

「へー」

「女の人やねんで」ミカは言った。「お父さんと同じ大学の人やって」

「鳩山さんだ」

「ユウスケ、なんで知ってんの？」

「前に電話きとったからな」ぼくは言った。「そんで、中には入らへんの？」

「だって、お父さんたちと話したって、私、面白ないもん」

「じゃあ、オトトイのところにでも行こうか」

「うん」

ミカはそう言うと、ぼくに手を伸ばしてつないだ。ミカと手をつなぐのは久しぶりだ。もっと小さいころはしょっちゅうつないでいたけど、何だか恥ずかしいので、いつからか手をつながなくなっていた。

　ぼくたちは歩いてオトトイのいる団地にまで行った。葉っぱだらけの庭を横切って行くときは、一階の人たちが観ているテレビの音が、網戸越しに聞こえた。ほとんどの人が、ビールを飲みながら、そうじゃなければ、ごはんを食べながら野球のナイターを観ていた。半分眠ってしまったようなおばあちゃんの姿も見えた。ぜんぜん知らない人たちだとはわかっているんだけど、どうしてだかどの部屋の人も、ぼくたちを歓迎してくれるような気がした。

　ベランダの下に入ると、もうそこには明かりが届かないので、何も見えなかった。昼間とちがって、夜はこのベランダの下のほうが、外よりも湿っているような気がする。冷蔵庫の中に入れられた野菜って、こんな気持ちになるのかもしれない。

　ミカは懐中電灯をつけて、壁のすみっこを照らしてみた。

「あれ？」

「あれ？」

　ミカにつられてぼくも言った。何だか、オトトイが少し大きくなったような気がする。前に会いにきたときも、ぼくはそんなことを思ったんだけど、今こうして見てみると確かに大きくなっているのがわかった。

「なんか大きなってるで、やっぱり」

「ほんまや」と、ミカ。「なんでやろ。いつもと同じぐらいしかキウイ食べてへんのに」

　ミカの言うとおり、キウイはまだ半分残っていた。オトトイは毎日ぴったりキウイを半分残して、次の日に残りの半分を食べる。二日で一個のペースだ。

　ミカはオトトイを持ち上げると、またひざの上に置いて背中をなでてやった。だからといってあいかわらずウンともスンとも言わないんだけど、それでもオトトイはオトトイなりに喜んでいるように見えた。たぶん、ぼくたちには見えない、秘密の喜びかたで喜んでいるんだ。

「変やわあ。だれかオトトイにごはんあげてる人がおるんやろか。アタシやユウスケのほかに」

「せやけど、キウイは半分しか置いてへんで」

「キウイより好きな食べもんがあるんかもしれん」

ミカはそう言うけれど、ぼくにはオトトイがキウイじゃない何かを食べているところなんて、まるで想像できなかった。そもそもキウイでさえ、ちゃんと食べているところを見たことがない。だいたい、オトトイの口って、どんな形になっているんだろう。

「あんまり大きなったら、ほんまにどこで飼えばええんやろ」

ぼくは言った。「お父さんは、やっぱり動物を飼うのはあかんって言うやろうなあ」

「あのお父さんの友だちの人、動物好きやったらええのにな」

「あの人の家は、動物が飼えるんか？」

「あの人の家はどうかわからんけど、あの人、もしかしたらお父さんに頼んでくれるかもしれへん」

「ぼくらの言うこと、聞いてくれそうな人やった？」

「うん、優しそうな人やった。女っぽい人やったわ」

「女っぽい人って、鳩山さんはもともと女の人やろ」

「せやけど、女っぽい人やねん。女っぽい女の人やな」

「そういう人って、ミカは嫌いなんとちがうんか？」

「なんで？　アタシ、そんなこと言うたことないよ」

「言うたことないけど、そうなんかなって思ってた」

「そんなことないで。別に嫌いとちゃう。ただ、アタシが女の格好すんのがイヤなだけや」

ミカはそう言いながら、またオトトイの背中をさすったり、毛の中に指を入れて毛をくしゃくしゃにしたりしていた。でも、もともとオトトイの毛は汚れていて、最初からくしゃくしゃだったから、いくらやっても変わらなかった。

「アタシは女じゃないほうがええねん」

「男と変わらんぐらいなんでもできるんやから、別に女でもかまへんやん。ぼくよりサッカーもドッジボールもうまいやろ」

「でも、最近はみんな本気でやってくれてへんのわかるもん。アタシが女やから、みんな本気で相手にせんのんや」

「そんなことないと思うけど」

「ユウスケは男やから気づかへんねん」

ミカは、ちょっとだけ声が変になった。もしかしたら泣き出しそうなんだろうかと思って横を見てみると、ミカはすぐに懐中電灯を消した。

　真っ暗で何も見えなくなった。

「アタシのおっぱいが大きなってきたから、みんなでからかってる」

「だって、仕方ないことやん」

「でもイヤなもんはイヤやの」

　やっぱりミカは泣いている。グシュグシュと鼻をすする音が聞こえていた。きっと今日、学校で何か言われたんだろうな。

「……おっぱいが大きならんような手術したい」

「そんなお金ないやん」

「ない」ミカは本当に泣いた。「せやけど、はよせんと、ほんまに大きなってまう」

「ミカな。そんなん言うたかって……」

「うわ！」

　急に大きな声を出すので、ぼくの身体はびくっとした。ベランダの下に、頭のてっぺんをぶつけてしまう。

「大きい声出すなや。見つかるやろ」

「オトトイがムニュッて動いたんや。懐中電灯、落としてもうた。どこや？」

　ぼくたちは真っ暗なベランダの下を手探りした。すると懐中電灯は、体操座りをしていたミカの脚の下に転がっていた。ぼくはそれを取り上げると、恐る恐るスイッチを入れて、オトトイに光を当ててみた。

　オトトイが動いている！

「ほら、ほら、ほら、ほら。な？　オトトイが動いてる！」

　さっきまで泣いていたから、ミカのほっぺたはまだ濡れている。それは、涙が通った跡だった。

「シーッ！　声が大きい」

「動いてるやろ？」

「ほんまやな。どないしたんやろ」

　ぼくはムニュムニュ動いているオトトイの背中を指の先で触ってみた。いつものオトトイとちがって、何だかちょっと気持ち悪い。

「なんで動いてるんやろ。ミカ、どっか変なところ触ったんとちがうか」

「背中触ってただけや」ミカは言った。「なんか、気持ち悪いなあ。ユウスケ、代わりに持ってよ」

「イヤや。ぼくも気持ち悪い」

「なんやの、男のくせに」

「ミカこそなんやねん。さっき、男になりたいって言ったばっかりやろ」

「そんなん言うたやろか」

「ごまかすな。男になりたいって言うて、泣いとったくせに」

「アタシは泣いたりせえへんわ」

ミカはそう言うと、げんこつでぼくの脚を軽く殴った。そのひょうしに、ミカはオトトイをひざの上から落っことしてしまう。いつもの固いオトトイなら、落とした勢いでゴロゴロと転がってしまったかもしれないけど、その日は柔らかかったので、ぺたりと地面に落ちたままだった。

オトトイはしばらく動かなかったから、ぼくは一瞬、もしかしたら死んでしまったんじゃないかと思った。でも少しすると、またさっきみたいにムニュムニュと動き始めたので安心する。

「ミカ、気をつけろ。オトトイ、落ちてもうたやんか」

「これぐらい、なんともないわ」

「ミカはそうでも、オトトイは痛いんかもしれん」

「それより、さっき言ったこと取り消しや。さっき言ったこと、まちがいやったって言い」

「何がまちがいやねん」

「アタシが泣いたって言うたやん。泣いてへんのに」

ぜったい泣いていた。でも、もしそう言ったら、ミカは本気で怒りそうだからやめた。そうなったら、ぼくにも止められなくなってしまう。

「アタシはぜったいに泣かへんのや」

「わかったわかった。見まちがいやったかもしれへん」

「やったかも、とちがう。見まちがいやったの」

「わかったって。見まちがいやった」

「それでええわ」

ミカは満足そうに言った。偉そうに、よく言うよ。

「ほんなら、ええこと教えたる。あのなユウスケ、あんた、変な絵描いとったやろー。女の裸の絵」

「あ！」

コウジが描いたやつだ。ベッドの下にしまっておいて、それから捨てるのを忘れてた。

「そ、それ、それはぼくが描いたんとちがう」

「だって、パソコン使えるのユウスケしかおらんやろ」

ミカはずるがしこそうな顔をして笑っている。「あれ、だれの裸なんよ？」

「わからんわからん。だって、あれはコウジが描いたんやから」

「ふーん。ほんなら、お父さんにそう言ったらええやんか」

「お父さん、見たん？」

心臓が止まりそうだった。「なんでお父さん、そんなん見るねん」

「だって洗濯機のところに置いてあったんやもん。そりゃ見つかるやろ」

「洗濯機？　なんでそんなところに落ちてんねん。ベッドの下に入れといたのに」

「ベッドの下に隠しとった？　ほら、やっぱりユウスケのやんか」

「ちがう。コウジが描いてプリントしてるときに、安藤たちが家に遊びに来てん。

せやから、急いで隠したの」

「えー！　安藤が家に来た？　なんやのユウスケ、安藤と遊んだん？　ウソやー。信じられへんわあ。あんた、あんなイヤなやつと、よお一緒に遊べんな」

「勝手に来てもうてんから仕方ない」ぼくは言った。「それより、お父さんは？　お父さん、なんか言っとった？」

「別になんも言ってへんかった。だってほら、すぐに鳩山さん来たから」

「うわー。なんか、家に帰るんイヤになってきたわ」

「ほんなら、オトトイと一緒にここで住んだらええやん」

ミカは笑いながら言った。そんなことできるわけないじゃないか。ムニュムニュしてるオトトイと一緒にこんなところで暮らしてたら、いつかぼくまでムニュムニュしてきそうだ。

だからぼくはちゃんと家に帰った。

家に戻ってみると、もう鳩山さんはいなくて、父さんは一人でビールを飲んでいた。こんな夜にどこへ行ってたんだって聞かれたから、ぼくは、友だちの家に宿題の答あわせをしに行っていたとウソをついた。どうしてもわからないところがあったから、問題の解きかたを教えてもらいに行っていたんだって。

ミカは、ユウスケが一人じゃかわいそうだったから、ついていってやったとウソをついた。でも、とりあえず父さんにはばれなかった。何だか父さんは、ちょっと疲れたみたいで、今日はもうあまりだれとも話をしたくないようだった。

でも、今日はそれで助かったと思う。ぼくは、裸の絵のことを聞かれずに済んだわけだ。父さんがそのことを急に思い出したりしないように、ぼくは急いでお風呂に入り、もう眠いからと言って部屋に戻った。そのあと、ミカが部屋に遊びに来たんだけど、遊んでいるといつ父さんに見つかってしまうかわからないので、本当に眠いから寝るよと言って、ミカを追い出した。

ベッドに入って電気を消した。もちろん、本当はまだまだ眠くないから、目を閉じてもいろんなことを考えてばかりいた。

今日は本当にいろんなことがあった。久しぶりに母さんと会ったし、お姉ちゃんとも会った。家に鳩山さんが来た。オトトイが大きくなった。どうしてだかわからないけど、急に大きくなった。それに、ミカが泣いた……ぼくはそのまま、すごく変なことを考えながら眠ってしまった。途中までちゃんと、今日あったことを思い出していたはずなのに、眠たくなってきて、何だか変になってしまったみたいだ。

とにかくぼくは、こういうことを考えていた。オトトイがミカの涙を食べているところだ。そういえば、悲しいときに流れた涙は、すごくすっぱいって話を聞いたことがある。あくびのときに出る涙とは味がちがうそうだ。だから、すっぱいキウイが好きなオトトイは、すっぱい涙も好きなのかもしれない。

ミカが悲しんで涙を流すと、オトトイはそれを食べて大きくなってゆく。涙を食べられたミカは、それで悲しみが吹き飛んでしまう。

本当に、変な話だな。


昼休みの前に、ぼくはまた安藤につかまった。みんなはドッジボールのコートを取るために、ぼくをおいて校庭へ出ていった。

安藤はぼくに、早くコウジの好きな人を聞いてくれと言った。それから、ぼくの好きな人の名前も教えろって。でも、いくら言われたって、ぼくはそんなことに答えることはできない。なぜって、コウジにそんなことを聞けば、ぜったいにぼくも好きな人を教えないといけない。でもぼくは教えたくない。だから結局、コウジの好きな人もわからないし、ぼくの好きな人も教えられない。

だから安藤にそう言ってやった。そうしたら、

「ユウスケってさあ、やっぱほんまにミカのことが好きなんとちゃうの？」

と言い返された。

安藤は確かにこの間、ぼくのことが好きだと言った。それなのにどうして、そういうことを言うのかわからない。安藤はまちがえて、ぼくのことを嫌いだって言うのを、好きだと言ってしまったんじゃないか？　……それよりももっと気になることがある。いったい、ぼくとミカのことで変なうわさを流しているやつはだれだ？ぜったいにゆるせない。

コウジにまた相談してみよう。そう思って、先にドッジボールを始めていたクラスメイトのところに走っていってみたら、どうやらゲームは中断しているようだった。みんな外野の辺りに集まって、がやがやと何かやっている。

ぼくもその中に首を突っ込んでみると、それはミカとコウジだった。二人とも顔を真っ赤にして言いあいをしている。

「今度アタシにゆるいボール投げたらゆるさへんで！」

ミカは、女扱いされたことに怒っているようだった。最近は、そういうことをされると、ほんのちょっとしたことでもすごく怒る。

「だいたいな、あんた、アタシよりドッジボールへたくそやんか！　へたくそのくせに、何カッコつけてんの」

「へたくそでもなんでも、おれは女に強いボールなんて投げへんのや。男と女はちがうんじゃ」

「何言うてんの？　あんたいつから男になったん？　ドッジボールへたくそなんやから、向こうで安藤たちと一緒に鉄棒で遊んだらええやろ」

クラスメイトたちはみんな笑っていた。ぼくは何だかイヤな予感がした。

予感は当たった。コウジはついに怒って、ミカの肩を強く押してしまった。そうしたらこんどはミカがコウジの肩を強く押し返して、そのうち二人して服のつかみあいを始めた。首に腕を回して地面に転がそうとしたが、二人ともなかなか地面に転ばない。隣りのコートでは、下級生たちがぼくたちのことを珍しそうに見ていた。

ぼくは二人を止めに入ったんだけど、そうしたらコウジに思いきり突き飛ばされて、尻もちをついてしまった。ひじを地面に強く打ちつけ、一瞬、左腕に電気が走ったみたいになってしびれた。

でも、コウジには悪気がなかったみたいだ。ぼくが転んだのを見て、急にミカから手を離し、ぼくのようすを心配してくれた。でも、そうやって背中を向けたとたん、ミカのキックがコウジの背中に決まった。空手をやっている子はぜったいにケンカをしちゃいけないってあれだけ言われているのに、やっぱり空手で習ったような強いキックをしてしまったようだ。コウジも前につんのめって、地面に倒れた。校庭の乾いた砂から、またほこりがもうもうと立ち上がった。

ミカは倒れたコウジに飛び乗って、頭を何回もげんこつでぶった。それでぼく以外のクラスメイトたちも、ようやく二人のケンカを止めに入った。みんなでミカを押さえつけているうち、たまたま校庭に出ていた教頭先生に見つかってしまい、それから担任の先生まで走ってやってきた。

その場でぼくたちはケンカをした理由を説明させられて、そのあとぼくとコウジは保健室へ行きなさいと言われた。気がつくと、ぼくのひじからは血がすごく流れていた。コウジも倒されたときに、ほっぺたをすりむいたみたいで、砂と血が粘土みたいになって固まっていた。さすがにミカだけはぜんぜんケガをしていなかったんだけど、その代わりにまた会議室へ連れて行かれた。

怒られるんだったら、せめて担任の先生だけだといいなと、ぼくは思った。教頭先生にお説教を受けると、すごくめんどうになるからだ。そんなに怖い先生じゃないけど、いちいち親に報告するから、家に帰ったあと、親にも同じことを説明しなくちゃならない。

保健室に行くと、保健の先生がぼくのひじを水で洗って、消毒してくれた。それから大きなガーゼをあてて、テープをはった上から、みかんの袋みたいな白い網をつけてくれた。それからぼくは、ずっとコウジが手当てされるのを見ていた。保健の先生は、早く授業に行きなさいとも、ここにいなさいとも言わなかった。ただときどき、葉山君、ハサミを取ってちょうだいだとか、テープを切ってちょうだいとか言うだけだった。きのう来ていた鳩山さんも、この保健の先生みたいに、静かで優しい人だったらいいのにと、ぼくはそんなことを考えていた。

真剣な顔をして手当てをしている先生の顔をじっと見ていたら、とつぜんぼくのことを見て、

「なんやの」と言った。「先生の顔に何かついてる?」

「なんでもありません」

「きみたち、二人がケンカしたんやないね？」

「してません」

「そんなら、それでいいわ。もう、授業に行きなさい。次の授業は？」

「理科」

ぼくたちは二人声をそろえて言った。

「じゃあ、行きなさい。あと、もしこれから体育の授業があるんやったら、葉山君は休まなあかんよ」

それから先生はもう一度、ぼくのひじのテープとコウジのほっぺたにはった大きなバンドエイドを調べて、ようやく、行ってよろしいと言った。

理科室は保健室の上にあるはずなんだけど、ぼくたちはわざと遠回りして、校舎を一周してから教室に行った。教室に行ってみると、みんなはベランダに出ているようだった。透明のプラスチックを使って、太陽の通り道にマジックで印をつけている。ぼくたちの学校では、高学年になると理科の授業は担任の先生じゃなくて、専門の理科の先生に教えてもらうことになる。だからこの先生は、ぼくたちのクラスのことをそんなに知っているわけじゃないんだけど、それでもさすがにミカのことは知っているようだった。ケガの手当てを受けてきたぼくたちの顔を見ると、

「あんたたち、二人してケガしよったんか。ミカちゃんにやられたんか?」

と笑った。笑うと、分厚いめがねの奥にある目が、すごく大きく丸くなって見える。クラスのみんなも笑っていた。まわりを見てみると、そこにミカの姿はなかった。

ぼくとコウジは遅れてきたもの同士、ペアになって太陽の通り道を観察することになった。二人でプラスチックに目を寄せ、太陽の位置をマジックで書き込んでいるとき、コウジはぼくの顔を見ないままで、「ごめんな」と言った。

「かまへん。これぐらいなんともない」

「お前やなくて、ミカのこと。ミカとケンカしてしもうた」

「それやったら、ぼくにあやまることとなんてなんもないやん」

「でも、いちおうユウスケのきょうだいやから」

コウジはそう言うと、また太陽の通り道に印をつけた。

その日の放課後、ぼくはウサギ当番で、クラスの女子と一緒にウサギの小屋を掃

除した。その子はぼくのひじを見て、

「それって、ミカちゃんにやられたん？」

と聞いた。もちろんそうじゃないから、そうじゃないよと教えてやった。

「ミカがやったんとはちがう」

「それもそうやなあ。ミカちゃんが、ユウスケくんのことケガさせるはずないもんなあ」

「なんで？　たまにケンカすることあるで。だいたい、ぼくのほうが負けるけど」

「ほんまにケンカなんてするのん？」

何だか、変な言いかただった。ぼくはもしかして、クラスに流れている変なうわさのことを言われているんじゃないかと思い、思いきって聞いてみることにした。

「ちょっと聞きたいことあるんやけど」

ぼくはその子に、ウサギにやる葉っぱを渡しながら言った。「なんか、ぼくとミカのことで、クラスに変なうわさが流れてるって聞いたんやけど、知ってる？」

「……知らんこともないけど」

「なんて言うとった？」

「だから、ユウスケくんは、ほんまはミカちゃんのことが好きやって。きょうだいやけど、好きなんやって。これ、私が言ったんとちがうからね」

「じゃあ、だれから聞いたん?」

「だれって……私が言ったって言わへん?」

「ぜったいに言わへん」

「そんなら教えるけど」

その子は、手についた葉っぱの臭いをかぎながら言った。

「コウジくんが言っとったんよ」

ぼくはびっくりして、何も言えなかった。

## 5　コウジの秘密

家に帰ったあと、ぼくはウサギ小屋で聞いたことが気になって仕方がなかった。

ぼくとミカについての変なうわさを、コウジも流しているっていうことだ。もちろん言い出しっぺはコウジじゃないのかもしれないけれど、それでも、ほかの女子にまでそんなことを伝えてるってことだけでも信じられなかった。

ほんの気軽な気持ちで言ってしまったのかな。

だけどもし軽い気持ちだったとしても、言っていいことと悪いことがある。やめよう。まだ本当のことかどうかわからないのに、コウジを疑ったりするのはよくない。よくない。よくない……でも、やっぱりがまんできなくなって、コウジの持っているPHSに電話をしてしまった。PHSにかけてもらえると、よっぽど嬉しいみたいで、コウジはとても楽しそうな声をしていた。まだ塾には出かけていないらしい。

そこでぼくは、ちょっとだけ用事があるから急いで部屋に行くよと言っておいた。コウジは、ぼくがこの間貸した、ゲームボーイ用の通信ケーブルを取りにくるんだとかんちがいしているようだった。今、ぼくとミカは二人ともドラクエモンスターズというゲームをやっているのを知っているからだ。そのゲームには通信ケーブルが必要なのだ。

とにかく、コウジのかんちがいは助かったといえば助かった。おかげでぼくはコウジの家に行く理由ができたわけだから。だけどまた、コウジをだましているようで、ちょっと気分が悪かった。ぼくは、自分が悪いことをしているんだと感じるとき、針でも刺さったみたいに右の胸の奥がチクチクとすることがある。自転車に乗ってコウジの家に行く途中も、ぼくはそんなチクチクを何回もがまんしなくちゃいけなかった。

コウジの家は一軒家。この町では珍しいんだけど、その代わりにバス停からすごく遠くて、自転車を押さないととても上れないような、急な丘の上にある。だけどその日のぼくは、自転車を押して歩くのも何だかまどろっこしい気がして、汗だくになって坂道を上った。家の玄関のチャイムを押したときは、すっかり息が切れていて、インターホンに向かってちゃんとしゃべることもできなかった。

コウジの部屋は広くて、太陽があふれている。天井《てんじょう》が高くて、角度がついていて、そこからも明かりを取る窓がある。そしてなぜか、この部屋にいるとすぐに眠たくなる。いつもならそうなるのに、今日だけまるで眠たさを感じなかったのは、きっと緊張していたからだろう。

「もうすぐ塾やから、ちょっとしか遊ばれへんけど」

コウジは言った。「ジュースかなんか飲むか?」

「ううん。そんなにのど乾いてへん」

「通信ケーブル使ってやってんけど、やっぱりゲームボーイ二台を一人で動かすのって、なんかめんどくさいわ。あんまり面白ないし」

「通信ケーブルは、まだええねん。返してもらいたくなったら、また学校で言うわ」

「ふーん。ほんなら、どないしたんや。なんか用事あったんやろ」

「用事って言うほど大事なこととちゃうけど」

いや、大事なことだ。こんなふうにごまかしてしまったら、何のため急いでコウジの家にやってきたのかわからない。

「いや、やっぱり大事な用事。ちょっとだけ大事な話や」

「なんやねん、はよ言い」

「あのな……」

ぼくはゆっくりと、初めから話をした。

いつかコウジにも聞いたとおり、クラスでぼくとミカのことを変に言うやつらがいるということ。本人の前じゃないからって、すごく勝手なことを言っていること。そんなことをもしミカが知ったら、きっとそのうわさを流したやつを見つけ出して、ぜったいにケンカしてしまうだろうということ。だからミカに知られる前に、そんなうわさを流したやつを見つけて、もうこれ以上勝手なことばかり言わないように言ってやろうと思っていること。

あやまってほしいんじゃなくて、とにかく勝手な話を流さないと約束してもらえれば、それでいいっていうこと。

そこまで話して、ぼくは一度つばを飲み込み、ちょっと休憩した。

それから、一番大事なことを言った。つまり、そういううわさを、コウジが流しているかもしれないと聞いたっていうこと。

今度は、それを話しただけでも、すぐにのどがカラカラに乾いて、ぼくはまたつばを飲み込んだ。

「……せやけど、ぼくかってその話は聞いただけのことやし、よおわからん。だから、ほんまにコウジがそんなこと言うてたんか、聞きにきてん」

「もし、まちがいやったらどうするんや」

コウジは怖い顔をして言った。「そんなん、俺は言うてへんかったら？」

「そんときは、疑ったからあやまる」

「あやまるだけやったらゆるせへんって、俺が言うたらどうすんねん」

「もっとあやまる……ほんで、通信ケーブルをコウジにあげる」

ぼくは言った。でも、コウジは何も答えてくれなかった。ずっと長い間、下を向いていたので、きっと怒ってしまったんだろうと思った。ぼくが疑っていたので、きっとコウジは怒ってしまったんだ。

でも、とつぜんコウジは顔を上げて言った。

「ごめん。俺が言うた」

何も言えなくなった。このまま一生、言葉がしゃべられなくなってしまうんじゃないかとさえ思った。

「言い出したんも、俺やと思う」

「なんで？　なんでそんなこと言うん？」

「わからん。たまたま女子と話しとって、ユウスケとミカは仲がええなって言われたから、女子を笑わせよ思うて言うてもうた。ほんで、おんなじことをほかの女子にも言うて、そのうちみんな知っとった」

そこまで言うと、コウジはもう一度ごめんと言った。だけどぼくは、とてもゆるしてやれるような気持ちになれなかった。いくらあやまられても、ゆるせなかった。

「まさかほんまのこととは思えへんかったわ」

「ごめん。ほんまにごめん」

コウジは立ち上がると、本棚のところに置いてあるゲームソフトを、ひとまとめにしてぼくに見せた。

「俺、通信ケーブル持ってへんから、代わりにソフトをユウスケにやる。どれでも好きなん、持ってってええわ」

「そんなんでだまされへんぞ。ぜったいにゆるせへん」

「でも、ユウスケかってそう言ったやろ？　ゆるしてくれへんかったら、それでもあやまって、通信ケーブルをあげるって」

「それはそれ、これはこれや」

自分でも何を言ってるのかわからなかった。確かにぼくは、コウジがゆるしてくれなかったら、たくさんあやまって、通信ケーブルもあげるとは言った。だからぼくも、反対にそうされれば、ゆるしてやらないといけないことはわかっている。

でも、何だかゆるせなかった。ずるいけど、やっぱりコウジの場合はゆるせない。

「ずっとだまされとった。コウジは、ぼくやミカのことが嫌いやったなんて、一度も気づかへんかった。そうや、それで今日、ミカのことも殴ったんやな」

「それはちゃう。ぜったいにそんなんとちゃう。だいたい、殴られたんは俺や」

「でも殴ろうとした。やっぱり嫌いやからや」

「ちがう！」

「ほんなら、ミカの前でそう言えるか？」

「言えへん」

「ほれみろ。やっぱりコウジは、ぼくだけやなくて、ミカまで嫌いなんや」

「ミカのことは好きや」

「じゃあ、ぼくだけが嫌いなんやな？」

「ちゃうねん。ユウスケは友だちやから好きやねん」

コウジはゲームソフトを持ったまま、そう答えた。「で、ミカは女の子やから好きや」

「女の子やから好きって、なんやねん」

「だから、俺はミカのことが好きやの。俺の好きな人はミカやの」

「だって、ミカって……オトコオンナやぞ」

「うん。みんなそう言うってわかってるんやけど、でも俺は好きやねん。そやからミカの前で、好きやとか嫌いやとかは言われへん。友だちとして好きってことやって、あいつの前ではよう言わん。恥ずかしいし、カッコ悪い」

「……ほんなら、なんで好きなやつのこと、そんなふうに言うんや」

「わからへんねん、自分でも。なんかわからんけど、好きやから嫌いになるときもあるんや。ミカがほかの男子としゃべっとったら、なんでかわからんけど腹立つ。ときどき、ユウスケにも腹立つ」

「お前はやっぱりアホや」

ぼくはそう言うと帰る準備をした。コウジがあげるって言ったゲームソフトにはすごくひかれたんだけど、もしこれをもらうと、コウジをゆるしてしまうことになるから、もらうわけにはいかない。

「なんやの、ユウスケ。もう帰るんか？」

「帰る。コウジかって、これから塾やろ」

「今日は休む。なんか勉強したないわ。一緒にゲームしよ」

「したない。それに、そんなんしたら、コウジのおばちゃんに怒られる」

「ほんなら、塾行くふりして、ユウスケの家に行ったらええねん。な？　ばれたって、ユウスケの家に行っとったってことは、ぜったいに言わへんから」

「そんなんどっちでもええ。ぼくは、遊びたないんや」

ぼくはそう言って部屋を飛び出してきてしまった。

本当はぼくがそんなことを言ったんだから、すっきりしていいはずなのに、反対に悲しくなってきた。コウジをゆるしてあげない自分のことが悲しいのか、それともうわさを流したやつがコウジだったことが悲しいのかわからない。でも、とにかく悲しかった。しかもあいつ、ミカのことが好きだなんて言い出した。ミカがコウジのこと、好きになってくれるわけがないじゃないか。きっとそんなこと言ったら、ミカはすごく怒るに決まっている。

アタシを女扱いせんといて！　女やけど、全部女とちゃうんや。アタシがそう決めたんやから文句ないやろ。アタシの勝手や！

そんなふうに大声を上げて怒るミカの姿が、目の前に浮かんできそうだった。

それからぼくは、自分の家まで一度もペダルを踏まないで帰ることができるか挑戦した。コウジの家からだと、ぼくの家までほとんど下り坂だったからだ。でも、途中の信号が赤になってしまったので、結局ペダルをこがないとダメになった。自転車が止まってしまうと、急に涙が出てきそうになったので、ぼくは慌ててペダルを踏んだ。特別どこかに行きたいと思いもしなかったけど、とにかく町の中をグルグルと走り回った。不思議と、自転車に乗っている間は涙が流れてこないんだな。だけど、泣かないためには、このまま一生乗っていないといけない。そんなことできるはずがない。

どこへ行こうか。どこへ行けば、だれにも見つからないように泣くことができるんだろう。

こうして町の中を走り続けていると、いつしかまたオトトイのいる団地の前にまでやってきていた。いつのまにかというより、ほかには行く場所がなかったからだ。

近くのコンビニに行っても、図書館に行っても、ゲームショップに行っても、放課後の学校に行っても、とにかくだれかに会ってしまう。家に帰ればミカがいる。だれも知っている人がいない遠くの町まで行くこともできたけど、やっぱりそこにもだれか人間はいるし、ぼくと同じぐらいの歳で、ぜったいに泣いたりしない男の子もたくさんいるだろう。そういう知らない子供に会ったりするのは最低だ。会ったばかりで、お前は弱虫だと言われてしまうかもしれない。

結局、だれにも会わない場所なんて、ここよりほかに思いつかなかった。オトトイなら、ぼくが泣いたとしても、笑ったりしないだろう。どうせ目も鼻も口も、どこにあるのかわからないんだし。

葉っぱをかき分けて団地の庭に入ってみると、辺りはすごく湿っぽかった。きっと、庭先でトマトや何かを育てている人が、夕方になったのでもう一度水をまいたんだろう。地面も濡れて、土が真っ黒な色に変わっていた。途中のベランダからは、中でテレビを観ている音が聞こえてきたから、ぼくは見つからないように低い姿勢になり、足音をたてずにそっと進んでいった。

一番端にあるベランダの下をのぞいてみた。するとそこには、いつものようにオトトイがすみっこのほうでじっとしていた。きのうあげたキウイは、もうすでになくなっている。いつもは一日に半分しか食べないはずなんだけど、今日のオトトイはすごくおなかが空いていたんだろう。

　ぼくはベランダの下に入る前に、すぐ目の前の木から、固いキウイを一個もぎとった。ベランダの中に入ってから、ぼくはそれをオトトイの前に置いてみる。やっぱりウンともスンとも言わないので、キウイをオトトイの上に乗せてみた。それでもオトトイは、何も言わなかった。

　ぼくはあぐらをかいて、自分のひざの上にオトトイを乗せた。背中をさすってみると、いつものように毛は汚れて固く、身体もきのうみたいにブヨブヨしていなかった。オトトイの背中をさすりながら、ぼくはコウジのことを考えた。オトトイの背中をなでた。コウジのことを考えた。オトトイの背中をなでた。

　そのうち、ぼくの目の端から涙が一本だけ流れて、ほっぺたを伝ってゆっくりと落ちていった。もっと涙が出るんじゃないかと思ったけど、町を自転車でずっと走っているうちに、だんだん悲しい気持ちは薄くなってしまったんだろう。これだけしか涙が出ないんだったら、家のトイレの中でもじゅうぶんだったかもしれない。

きっと今流したぼくの涙も、そんなに悲しくないから、あまりすっぽくはないだろう。たった一粒の涙は、ぼくのあごのところで、しばらくじっとしていた。放っておくと下に落ちるかなと思ってそのままにしておいたら、そのうち、涙はぽつんと雨のように落ちていった。

そして、涙はオトトイの背中にかかった。

すると急に、オトトイが動いたような気がした。いつのまにか背中をなでていた手を休めていたので、ぼくはまたオトトイの上に手を置いてみる。すると、さっきまでしっかりしていた背中が、ムニュムニュになっている。ブヨブヨと波を打つように動いて、柔らかくなっていった。ぼくの心臓は、ゴキブリを見つけてしまったときのようにドキドキと高鳴っていた。本当は気持ち悪いから投げ捨ててやりたかったけど、かわいそうだから、じっとオトトイをひざの上に乗せたままがまんしていた。

しばらくしてから、オトトイはまた元に戻った。さっきまでムニュムニュしていた背中は、いつもの固さになったし、背中も波打ったりしていない。あいかわらず、どっちが背中でどっちがおなかかわからない、サツマイモみたいなオトトイの姿だった。ただ、さっきよりまた少し大きくなったような気がする。気のせい？　そのとき、ぼくはきのう考えていたことを急に思い出した。オトトイがミカの涙を食べて大きくなっていくという、ぼくの勝手な空想を思い出してしまった。もしかすると、それって本当のことなのかもしれない。オトトイはすっぱい涙を食べると、本当に大きくなれるのかもしれない。

そう考えたぼくは、もっと涙をかけてやりたくなって、オトトイの背中に目を近づけてやったんだけど、もう涙は出なかった。仕方がないから、まばたきをぜったいにしないよう、じっとがまんして目を開いたままにしてみる。痛いのをがまんしてじっと耐えていたら、そのうち目に涙がたまってきた。やがてそれは、ほっぺたを伝って下に落ちていった。そしてさっきと同じように、涙はオトトイの背中の上に、ぽつんと一粒だけ落ちた。

すると一瞬、オトトイの背中がブルッと震えた。だけど、すぐ元に戻ってしまった。ムニュムニュにはなったけど、波打ったりはしなかった。

どうしてなんだろう？　ぼくは考えた。考えに考えてみると、これはやっぱり、にせものの涙だからだ。さっきは悲しくて流した本物の涙だったし、今のは、まばたきをしないで作ったにせものの涙だ。すっぱさがちがう。何とか、今すぐに涙を出す方法はないだろうかと考えたぼくは、ここで悲しいことをいくつも思い出してみることにした。

飼っていたクロデメキンが死んでしまったときのこと。飼っていたセキセイインコが逃げてしまったときのこと。一月分のおこづかいを、どこかに落としてしまったときのこと。ぼくの忘れ物が多過ぎるからという理由で、先生に正座させられたこと。それが、母さんのせいだと言われたこと……。ちょっと考えただけでも、こんなに悲しいことが出てきた。それなのに、涙はやっぱり出てこなかった。というより、本当はもう悲しくなんてないのかもしれない。昔は悲しかったはずなのに、今は悲しくない。どうしてだろう？　ぜったいに悲しかったはずなのに、今になってみると涙が出てこない。そのときは悲しくて悲しくて、もう死んでしまうか、それがダメなら石にでもなってしまいたいと思ったはずなのに、今はどれだけ考えても、涙が出てこない。

それどころか、おかしくなってきた。クロデメキンが死んだのは、ぼくが水槽の中にお湯を入れたせいだった（寒くてかわいそうだったのだ）。セキセイインコが逃げたっていうのだって、もし逆の立場ならぼくだってそうしてるはずだった。おこづかいはなくしてしまったけど、その代わりミカに百円もらった。忘れ物については、もうどうだっていい。こうして考えてみると、悲しいどころか、けっこう楽しいことでもあった。もしそうじゃないとしても、とにかく涙が出るほどの悲しいことではない。どうしてぼくは、あのときそんなに悲しんだんだろう。自分でも不思議に思えた。ちょっと時間がたってみると、ぜんぜん悲しいことじゃないんだな。悲しいことも、時間がたってしまうと味がしなくなってしまうんだ。だれか、ぜんぜん知らない人に起きた、悲しい話のような気がしてしまう。

今度から、何か悲しいことがあったときは、このことを思い出すようにしよう。ぼくはそんなことを思った。でも、そのせいで、もう実験ができなくなってしまった。オトトイは本当にすっぱい涙が好きなのかどうか、わからなくなってしまった。

家に帰ると、ソファーの上でミカが寝転がっていた。はだしの足を使って、オットセイみたいにビーチボールを高く上げたりキャッチしたりしている。

「ユウスケは、アタシになんか隠してんなあ」

ソファーの横に座ったぼくを見ながら、ミカは言った。「なんやろ？　正直に言うたら、アタシもええこと教えたんのになー」

こういうふうに、ミカがのんびりと話すときは、自信があるときだ。何のことだかわからないけど、ミカは何かすごい証拠を持っているにちがいない。

「隠してるって何やろ」

「自分でよお考えてみー」

ミカはそう言いながら、はだしの足で、ぼくの頭をぽんぽんと叩いた。

よく考えてみろって言われても、すぐには思いつかない。というよりも、思いつき過ぎて、何のことを言っているのかわからなくなってしまう。最近、ミカに何か隠しごとをしたと言えば、まずは母さんのことだ。母さんの家に何度か行ったけど、ミカには行っていないとウソをついていた。それに、今ではそこにお姉ちゃんもいるってことも言っていない。それから、安藤に告白されたことも、もちろん言っていない。裸の絵が、本当はお姉ちゃんの絵だということも教えていない。あとは、クラスで流れているうわさのことも教えていない。もちろん、コウジがミカのことを好きだったなんて、今日聞いたばかりだから教える暇もない。

一つ一つ考えてみると、かなり隠しごとがある。一年前にはほとんど隠しごとなんてなかったのに、今年はたくさん隠しごとがある。

「え〜と、なんやろ。ヒントほしいわ。最初の字はなんや？」

「最初の字は、キ」

「キ？」

キス？　ぼくはまだキスなんてしたこともない。キで始まる隠しごとなんて、あったっけ？

「ぜんぜんわからへん」

「キャ。小さいヤでキャ」

「キャ？」

キャラメル？　キャラメルを隠したことなんてない。

「わからへん。降参や」

「なんやの、アホやな。キャンプやん」ミカは言った。「ユウスケ、キャンプで出し物するんやって？　コウジと一緒に何かやるんやろ？」

そう言えばそうだった。

ぼくたちの学校では、六年生になるとキャンプへ行く。ぼくとコウジは、キャンプファイヤーのときに、放送委員を代表して出し物をするはずだった。出し物って言っても、みんなの前で物マネをするだけだ。しかも、だれかの物マネじゃなくて、何かの物マネ。ガラスをひっかく音や、パトカーのサイレンや、犬の鳴き声なんかを二人でやることになっている。ぼくとコウジの予想だと、それでみんな笑い転げて腹を痛くするはずなんだけど、今となっては、どうなることやらわからない。だって、ぼくとコウジは、まだケンカの真っ最中なんだから。

「なんや。なんで知ってるんや?」

「それは教えられへんなあ」

「せやけど、ぼくはちゃんとほんまのこと言うたで。ミカの隠してることってなんやねん」

「ユウスケが言ったんとはちゃうやんか。アタシが自分で教えてんから」

「ずるい!」

ぼくはソファーに寝転ぶミカの上に飛びかかった。ひざを使って両方の腕を押さえ、おなかをくすぐってやった。ミカはよだれをとばしながら笑い転げる。

「なんや。教えろ」

「イヤやー。教える、やっぱ教えへん。イヤやー、助けてー！」

ふざけているうちに、ぼくのひじがミカのおっぱいにちょっとだけあたった。その感じは、柔らかいと固いの中間で、今まで触った何とも似ていなかった。ムニュムニュになったオトトイと、固くなったオトトイの中間。ほかに何と似ているのかっていわれても困る。

ぼくはびっくりして、急に手を離した。すると、どうしてだか知らないけど、ミカはもっとくすぐってほしそうな顔をしていた。

「ほー。もっとやられたいらしいな」

「もうあかん。なんでも言うから、ゆるして」

「あかん。もう遅いわ」

そう言って再びミカに飛びかかっていったとき、急に玄関のドアが開いた。それは父さんだった。こんな時間に帰ってくるはずはないんだけど、それは確かに父さんだった。

「あれ？　お父さん、今日は早かったんや」

ミカがぼくを押しのけ、父さんに飛びついていく。ぼくはミカの後ろから、父さんが靴を脱ぐのをじっと見つめていた。

「いいや、今日は早く帰ってきた」

父さんは言った。

「どこかに夕飯を食べに行こう。今日は、お前たちに言わないといけないことがあるんだ」

「アタシ、焼肉がええわ」

ミカはそう言ったそばから、おなかをグウと鳴らしていた。

## 6　生レバーと父さんの話

父さんは関西弁を話さない。どうしてかというと、父さんは大阪で育ったわけじゃないからだ。でも、ぼくたちはずっと大阪で育ったから、関西弁しか話すことができない。

父さんの言葉は聞きなれているはずなのに、それでもやっぱり、ときどき変に思うことがある。関西弁じゃないと冷たく聞こえるとか、厳しく聞こえるとかそういうんじゃなくて、もしかしたら父さんは、大阪っていう町を、そんなには好きじゃないのかもって、そんなふうに思ってしまう。

だったらどうして大阪にいるのか？　ちゃんと聞いてみたことはないから、理由はよくわからない。母さんがいるからかな……ちがうか。ちがうよな、やっぱり。

「ユウスケ、その腕どうした？」

父さんは、網の上に肉を並べながら言った。ミカは夢中で肉を選んでいる。ハツだとかセンマイだとか、いろんな名前があるんだけど、それがどんなものなのかわからないので、店にいるほかのお客さんが注文したものをじっと見ていた。

「学校でケンカでもしたか」

「ううん、ケンカとはちゃう。転んでもうた」

「ちゃんと手当してもらったんだな」

「保健の先生は、大げさなんや。ちょっとすりむいただけやのに」

心の中で保健の先生にあやまった。先生がせっかく手当てしてくれたのに、そんなことを言ってごめんなさい。そうやって心の中であやまっている最中に、ミカがふと話し出した。

「せやけど、もとはアタシが悪いねん。アタシがクラスの男子とケンカしてもうて、ほんで、ユウスケがケンカを止めにきたんや。そんとき、突き飛ばしてもうて、ユウスケは悪いことしてへんのに転んでもうて、そんでケガしたんや」

「ミカはまたケンカしたのか。でもお前はケガしてないな」

「うん。ケガせんかった」

「あまりケンカなんてするな」

「わかった」

ミカは言った。それからしばらく、ぼくたちはだまって肉を焼いた。肉を食べ、ごはんも食べた。ミカはほとんど焼けていないうちから、肉をどんどん食べた。父さんはレバーと野菜ばかり食べていた。ぼくはレバーがあまり好きじゃないんだけど、父さんがあまりにおいしそうに食べるから、挑戦してみることにした。でもやっぱりまずくて、飲み込むのが大変だった。ミカは、レバーもほとんど生のまま食べていた。

レバーを水で流し込んでからぼくは言った。

「お父さん、今日はなんか話があったんとちがうの？」

「ああ」父さんがうなずく。「たくさん食べたか？」

「食べたよ」

「アタシはもっと食べたい。せやから、食べながら話を聞くわ」

「じゃあ、話そうか」

父さんはその前に新しくビールを頼んだ。最初に飲んでいたよりも大きなジョッキに入っていたビールを、父さんはのどを鳴らしながら飲んで、それから、ふうと息を吐いた。そして話を始めた。

「言うのが遅れて悪かったけど、アユミのことだ。アユミは、母さんのところで暮らしたいって言ってるんだ。それで父さんとしては、アユミもう大きいんだし、本人が好きなように決めたほうがいいって、そう思っている。だからアユミは、これから母さんと一緒に暮らすことになったよ」

ぼくは肉を取っていたはしを止めた。ミカでさえ、肉を食べるのを止めた。無煙ロースターからは、ジュウウと肉が焼ける音だけが聞こえていた。

「お前たちももう大きいんだから、今、聞いておこう。もし、母さんと暮らしたいんだったら、正直にそう言ってくれ。父さんは怒ったりしないから。第一……」

「なんで？　なんでお父さんは怒らへんのん？」

ミカは急にそんなことを言った。「そんなん、怒ってもええやんか」

「うん。でも、子供には幸せになる権利があるからな」

「幸せの権利ってなんやのん」

「幸せになる権利ってのは、そうだなあ。子供はね、みんな幸せになりたいって思ったら、みんなに助けてもらえるんだ。いい子でも悪い子でも、みんな助けてもらえるんだよ。それを、幸せになる権利って言うのさ」

「そんなん、初めて聞いたわ」

ミカはそう言うと悲しそうに下を向いて、山もりのごはんにはしを突き刺した。

「ユウスケ、お前はどう思う？」

「急に言われてもわからへん」

「アタシはお父さんとおる。お母さんのところには行きたない」

「本当に、それでいいか？　お姉ちゃんと、あまり会えなくなるぞ」

「かまへん。お姉ちゃんとは、会おうと思ったらいつでも会えるから。どうしても会いたなったら、携帯電話にかけたらええねん」

「わかった。じゃあ、ユウスケはそのうち考えておいてくれ。急いで考えることはないからな。でももし、母さんのところへ行きたいって言うんだったら、ちゃんとそう言うんだぞ。わかったな？　どっちでも選べる。それが、幸せになる権利なんだからな」

「ユウスケも、お母さんのところには行きたないって。なあ、そうやろ？」ミカは言った。

「ミカ。それはユウスケが決めることだよ」

「でも、アタシはユウスケが考えてることわかるんや」

「でも、このことはユウスケが決めるんだ」

父さんは、ぼくの小皿によく焼けた肉をよそってくれた。「わかったな？」

「でも、ぼくが決めるんやったら、ものすごく時間がかかるかもわからへん」

「それでいい。大事なのはとにかく自分で決めることさ。だれの言うことも気にしなくていいんだ。すごく大事なときだけは、だれの話も聞かないで、自分で決めたほうがうまくいくからな。今日のことだけじゃなくて、お前たちが大人になってからもそうだから、忘れないでおくといい。いいな？　大事なことを決めるときは、人に相談なんてしなくていいんだ。自分一人で決めたほうがうまくいく」

「自分一人で考えて、どっちにしたらええのか、わからんようになったらどないするん？」

ミカが聞いた。「そういうときは相談してもええんやろか」

「ダメだ。大事なときは、人に相談なんてするんじゃない。どっちにしようか迷ったときは、最初に考えたほうにしなさい。自分が一番最初にこうしたいと思ったほうを選びなさい」

「そうしたら、なんでもうまくいくん？」

「そうだよ。それが幸せになる秘訣《ひけつ》なんだ」

父さんは言った。だけど、それならどうして父さんは母さんとうまくいかなかったんだろう。それはぼくにとって、すごく大事なことだ。もし父さんの言うことが正しいとすると、父さんと母さんが離れて暮らすのを決めたのも、自分一人で考えたってことだもの。本当に父さんが決めたの？

　幸せになる権利よりも、ぼくにはそっちのほうが大切なことだった。だって、別々に暮らしたいって言い出したほうが悪いんだから、ぼくは悪くないほうと一緒に暮らすべきだと思う。そんなこと言われたほうは、すごく悲しいはずだ。かわいそうだ。だから、かわいそうなほうへ行ってあげたい。

「ユウスケ、もう食べないのか」

「……なあ。お姉ちゃんがおらんようになったら、部屋どないするの？　一つあってまうやろ」ぼくは言った。

「なんだ、もうそんな心配してるのか。だいじょうぶだよそんなの。なんだったら、ユウスケとミカが二人で使う部屋にしたらいい。ゲームとかパソコンとか、そっちに置いてな」

「鳩山さんが」

　余計なことを言ったと思ったけど、そのときはもう遅かった。「鳩山さんが一緒に住むようになったら、使うかもしれへんやろ。ほんなら、しばらくあけといたほうがええんとちゃうの」

みんな、また静かになった。何もこんなこと、わざわざ言うことなんてなかったのに、どうしてぼくは言ってしまったんだろう。自分でもよくわからなかった。

しばらくしてミカが、

「なんであんたは、アホなことばっか考えてんのやろ」

と言ってぼくの肩をげんこつで軽くこづいたとき、叩かれたことよりも、何かしゃべってくれたことが嬉しかった。それでぼくが喜んでいると、ミカはもっと強く叩いた。

「ユウスケはかなりのアホや」

「うん」

ぼくは言った。でも、アホだって幸せになる権利を持っている。子供はみんな持っている。

その夜、ぼくは宿題のことをすっかり忘れていたので、急いで片付けなくちゃいけなかった。

作文が二ページ。ぼくは作文が嫌いでもないから、書くことさえあれば二ページぐらい簡単に書けてしまう。でも、書くことがない場合は本当に悩む。無理やりやってみても、途中で自分が何を書きたかったのか、わからなくなってしまう。

作文の題名は、「十年後の自分」だった。

ぼくは十年後の自分なんて想像もつかない。二十二歳になったぼくのことなんて、ぜんぜんわからない。たぶん、大学に行ってると思うけど、そうじゃなけりゃゲームでも作ってるかもしれない。サラリーマンかもしれないし、野球選手かもしれない。書くことなんてないって先生に言ったら、夢がない子供みたいに思われてイヤだしな。本当は、やりたいことがいっぱいありすぎて、一つや二つに集中できないんだ。でも、なってもいい自分を全部書き出したとしたら、それはそれで怒られるだろう。これは作文じゃないぞ、なんて言われる。だから、適当に夢を考えよう。作文用の夢を考えなくちゃ。

書き始めに、父さんのようになりたいと書いた。でも、その父さんがどんな大人なのか、よくわからなかった。子供の頃、ちゃんと幸せになる権利を使ったか。何が好きだったのか。どんなことをして遊んだか。ぼくはまったく知らなかった。どんな仕事をしているのかもよくわからない。

そもそもぼくが目指しているのはどんな大人なんだろう？　ぼくのそばには、マネをしてもいいなって思うような大人がいない。大人たちはたくさんいるけど、その人みたいになりたいって、そんなふうに思える大人はほとんどいない。

でも作文は、ぜったいに明日までに書いていかないといけない。

だから、ものすごく適当に、小説家になりたいなんて書いた。ゲームクリエイターでもよかったけど、はっきりいってぼくには、ゲームクリエイターって人がどういう仕事をしてるのかわからない。だから一緒に、「それか、ゲームを作る人になりたい」とも書いておいた。……あーあ、こんなの人の前で読みたくないなあ。

こうして夜遅くまでぶつぶつとうなっていたら、急にすごくココアが飲みたくなった。たしかミルクココアの粉が台所にあったはずだから、自分で作ろう。そう思ったぼくは、部屋を出た。応接間にはもうだれもいなかった。父さんはたぶん、部屋で仕事をやっているんだろう。明かりが漏れていた。ミカの部屋からも明かりが漏れている。だけどそれは、消し忘れだ。ミカはいつも電気をつけっぱなしで眠って、父さんに注意される。もう何年も同じことを言われてるくせに、ぜんぜん直っていなかった。

ミカを起こさないよう、ぼくはそっと部屋のドアを開けて、電気のスイッチに手を伸ばした。ミカはいつもベッドの真ん中で丸まって眠る。なぜだか知らないけど、いつも汚れた服をすぐに洗濯機の中へ持っていかないで、ベッドの上に放ったらかしにしている。そして、その汚れた服と毛布をドーナツみたいに丸くして、その真ん中で丸くなって眠る。そうやって眠るのが一番気持ちいいって言うんだから仕方がないけど、ぼくだったらとても落ち着いて眠れない。

そのとき、ぼくはベッドの上のミカが丸まったまま泣いているのを見てしまった。ヒックヒックと、息を吸い込むたびに背中が引きつっている。

「……なんやの、ユウスケ（ヒック）」

泣くのをがまんしながらミカは言ったけれど、大きな目は、まだ魚みたいに濡れていた。

「あんた、こんな時間まで起きとったんか」

「作文の宿題やるの忘れとったんや」

「そんなん、明日の朝、学校でやればええんや。アタシはそうする」

「ぼくは、明日の朝に慌てるのイヤやから、書いてから寝るわ」

「ようやるなあ」

ミカはまたもぞもぞと身体を丸めた。何だかオトトイに似ているような気もする。

「……寝れへんから、やっぱりアタシも今やっとこうかな」

「ぜったいやらへんくせに」ぼくは言った。「ところで、なんかあった?」

「なんで?」

「泣いてたみたいやったから」

「アユミちゃんのせいや。なんぼアタシのこと嫌いやからって、お母さんのところに逃げることあらへんのに」

「お姉ちゃんは、そんなことでお母さんのところに行ったんやないよ」

「なんでそんなんわかるんよ」

「だって、そう言っとったもん」

「いつ? いつそんなこと言っとったん」

「ん? で、電話で言うとった」

あぶないあぶない。母さんの家に行ったことがばれるところだった。

「そんなん、ウソや。アユミちゃんが、電話でそんなこと言うわけないやろ……それにユウスケまでお母さんのところに行くとか言うし」

「ぼくはまだ決めてないだけや。ゆっくり決めようって思ってるだけ」

ぼくはそう言って、ミカのベッドに座った。ミカは涙をごまかすためにか、ぼくのお尻のところに顔をぴったりと押しつけた。

「なんか最近、イヤなことばっかりや。泣いてばっかりおる」

顔が見えなくなったからなのか、ミカはまた泣き出す。「なんでやろ」

「ミカは女になるんがイヤなんやろ。ほんなら、泣かんとき」

「ユウスケはやっぱり男やから、あんまり泣かへんねんな。アタシはオトコオンナやから、ときどき泣いてまう」

「あんまり、考えんほうがええ。しんどくなるから」

「泣くのがまんするのって、どないやってやるん？　男はどうやってがまんするん？」

「わからん」

ぼくはそう言ってすぐ、何だかミカがかわいそうな気がしてきた。男だって、本当に泣きたいときは泣く。ただ、人の見てる前ではぜったいに泣かないから、泣いていないように見えるだけだ。

「……そうや、ミカ。今からオトトイんところ行こうか」

「今から？　もう夜やんか」

「お父さんに見つからんよう、静かに行こう」

「行って何するん？」

「実験」

ぼくは言った。ミカも、夜に部屋を抜け出すことだけで、何だか楽しそうな顔になった。ミカが嬉しいと、ぼくも何だか嬉しくなった。


ぼくたちはおなかが減らないように、冷蔵庫からソーセージを何本か持ってきていた。ぼくはそのソーセージの封を前歯でかみ切って、つばと一緒に吐き捨てた。ミカも同じようにやった。そしてぼくは、オトトイをひざの上に乗せた。

「この間気づいてんけど、最近、オトトイはでかくなってきたと思わへんか？」

「うん」

ミカはソーセージの先で、オトトイをつついた。もちろんオトトイがソーセージなんて食べるはずがない。「アタシたちに隠れて、なんかおいしいもん食べてるんやろか」

「オトトイは涙を食べてるんかもしれへん」

「ナミダ？　涙なんて食べれるん？」

「それがわからんから、実験するねん」

ぼくは言った。「せやからミカを連れてきたんや。ほら、さっきみたいに泣いてみ」

「アホやなあ、ユウスケは。そんなん急に言われたかって、すぐ泣けるわけがあらへん」

「そんなら、ゆっくり泣き」

「泣けへんわ」ミカは言った。「アタシはなあ、寝るときやないと、めったに泣けへんの」

「寝るときに泣くって、どういうことなん？」

「せやからな、ふとんの上で寝るやろ。ほんで丸くなるやろ。そしたら泣けるんや。こんな何もないところでなんか泣かれへんの」

「そんなん、ミカを連れてきた意味がないやんか」

「先に言えばよかってん」

そうだと知っていたら、最初に涙をコップか何かにとっておくんだった。でも、今さら家に戻るのもめんどくさい。ぼくはどうにかして、ミカがうまく泣けるような方法を考えた。

「わかった。ほんならミカ、ここで寝転がり。寝転がって丸くなりや」

「えー。髪の毛、汚れてまうわ」

「ぼくの脚の上に頭乗せたらええ」

「無理やと思うけどなあ……」

「でもやってみよ。うまくいったら、またオトトイが動くかもわからへん」

「動くって、どんなふうに？」

「この間みたいに、ムニュムニュいうて動くんや」

「せやけど、こないだはだれも泣いてへんかったで」

ミカはそう言うけど、やっぱり泣いていた。ドッジボールのとき、みんなが女扱いするって言って、ちょっとだけ泣いていた。そして、そのとき初めて、オトトイが柔らかくなったのを見たはずだ。ぼくが泣いたときもそうだった。

オトトイはきっと、人間の涙が好きなんだ。すっぱい、本物の涙が。

「まあ、ええからやってみ。実験やねんから」

「ほんならやってみる」

ミカはそう言うと、地面の上に寝転がって、身体を丸めた。ミカの頭はぼくの脚の上に乗っていて、もう片方の脚にはオトトイが乗っていた。

「泣きそうになったら言うてや」

「でも、こっち見んといてな。見られてたら、ぜったいに泣けへんで」

「わかった」

ぼくはミカの顔を見ないように、団地の庭の向こう側をじっと見ていた。街灯の明かりと、自動販売機の明かりが、葉っぱの間から見える。少し先には、コンビニの明かりも見えた。ときどきすぐ前の道路を、すごい音がするバイクが走っていったり、夜遅くまで遊んでいる人たち（お姉ちゃんと同じぐらいの歳の人たち）が花火を持って通っていったりした。救急車やパトカーの音が遠くから聞こえてくると、今度は近くの犬が、サイレンとそっくりの声で鳴く。あおーんと、細長い声で鳴く。

ちょっとだけ心臓がドキドキした。

でも、ここは安全だ。葉っぱだらけの、小さなジャングルみたいな庭なんだから。その奥にある、小さなベランダなんだから。さらにそのベランダの下。こんなところに人がいるなんて、だれにもわからない。

ぼくは、そんな真っ暗やみの中で、作文に書いたことを思い出していた。いつかぼくが本当に小説家になったら、こういう話を書くのもいいかもしれない。オトトイの話を書くかも。小説にできなかったら、ゲームにしよう。人間に見つからないように、キウイを取るゲーム。すごく難しいゲームにして、だれよりも先にコウジにやらせてみよう。あいつだったら、きっと好きになってくれるだろう。ダメ……そう言えば、ぼくはコウジとケンカしている最中だった。

やっぱり明日、コウジに言おうかな。

ゆるしてやるよって、言おうかな……。

うん。ゆるそう。何だか、友だちとケンカしていると、学校に行く気がしなくなっちゃうし。あー、でも、どうせゆるすんだったら、最初からゲームもらっておけばよかった。今さら言っても遅いけど。まあいいか。ゲームなんて、コウジの家でたっぷりやればいいや。冬になって、コウジの受験が終わったら、また前みたいにたっぷり遊べるだろう。中学校はちがうところに行ってしまうことになるけど、ぼくとコウジは、きっといつまでも友だちでいられるだろう。

もし大人になってもまだ友だちだったら、二人で仕事を始めるのもいいかも。二人で、すごい小説を書いたり、すごいゲームを作るのも面白い。

あーあ、早く大人になりたい。幸せになる権利なんていらないから、早く大人にしてほしい。

「ユウスケー」

ミカが急に手を挙げた。何かと思って顔を見ようとすると、ミカは、こっちを見ないでと言ってぼくの顔を上に向けさせた。

「こっち見たらあかんで。見ないままで話するんや」

「わかった」

「私、泣きそうかも。涙が出てきそうやねん」

「ほんまに？」

なぜだかぼくは嬉しくなった。「ほんならな、涙がこぼれへんようにゆっくり起き上がってみ」

「起き上がってから、どないするの？」

「ゆっくりな。ゆっくり起き上がって、オトトイに涙をかけるんや。背中にな」

「どっちが背中かわからへんやん」

「どっちでもええから。ほら、ゆっくりゆっくり起き上がって」

ミカはゆっくりと起き上がった。そのときもぼくは上を向いて、ミカの顔を見ないようにしていたんだけど、その代わりにミカが動いているのが匂いでわかった。

ミカはオトコオンナだ。でもやっぱり、女の子みたいな匂いがする。ぼくと同じシャンプーを使って、ぼくとおなじ洗剤で洗った服を着ているのに、匂いはぼくとちがっている。オトコオンナだけど、女の子の匂いがしていた。いつのまにそうなったんだろう？　思い出せなかった。知らないうちに、そうなったんだな。それで、ぼくの知らないうちに、コウジがミカのことを好きになった。

ふー。ぼくだけ何も変わってないような気がする。

「あ、涙が落ちそうや。オトトイ、オトトイ……」

ミカにオトトイを渡してやる。ミカのほっぺたからは、大きな涙が筋になって、川のように流れていた。あごのところにしずくがたまり、そして、オトトイの背中に落ちてゆく。あまりに涙が大きかったので、本当にぽたりという音が聞こえた。

しばらく何も起こらなかった。

実験は失敗したんだと思いかけたそのとき、急にオトトイはムニュムニュと波打ち始めた。ミカは気持ち悪がってぼくにオトトイを返したけれど、ぼくは一度見たことがあるので、そんなに気持ち悪いとも思わなくなっていた。

やっぱりオトトイは、すっぱい涙が好きらしい。

「ほんまに、涙が好きなんや」

ミカはそう言うと、ほっぺたに残っていた涙をふいた。「不思議やな。オトトイに涙をかけたら、もう悲しくなくなってもうた」

「えー、もう終わりかあ」

「そうや。もう涙は出えへん」

でも、ミカが元気になったんだから、それでいいか。

ミカ、よかったな。本当に、よかったな。

# 7　七月のシェイク×2

六月は特別何も事件がなかった。すごく普通に、毎日が過ぎていった。だから本当はすぐに七月の話をするべきなんだろうけど、いちおう、六月に起こったことを教えておく。

一番目。ぼくはコウジと仲直りをした。最初の一週間だけ何だか照れくさかったけど、今ではもう、いつものぼくたちに戻っている。もちろんゲームはもらわなかった。

二番目。安藤の元気がなくなった。だいたいのことならぼくも知ってるんだけど、とにかく安藤はクラスの中で権力を失ってしまったらしい。要するに、あまりにうるさいので、ある日、女子全員からそっぽを向かれてしまったんだ。無視されてるってわけでもないけど、今までみたいに、「あれしなさいよ、これしなさいよ」と言っても、あまり言うことを聞くやつがいなくなった。もちろん、ぼくにもあまり何も言わなくなった。

三番目。ぼくの身長が一メートル六十センチを超えた。最近、身体がものすごい勢いで大きくなってきて、自分でもびっくりするときがある。身体検査のたびに配られる保健健康表っていう通知表みたいなものがあって、生徒はそこに自分の身長や体重をグラフにしなくちゃいけないんだけど、点と点を線でつなぐのがだんだん怖くなってきた。まるで、地震でも起こる前触れみたいに、ぼくの身長と体重はグングンと上昇していた。ときどきひざも痛くなる。だから一度、保健の先生に見てもらったんだけど、それは成長病っていうやつだから心配しなくてもいいわよと言われた。心配しなくてもいいんだったら、どうして病気の〝病〟って字を使うんだろう。それとも、やっぱり病気か？　このまま巨人になるんじゃないだろうな。ジャイアントだとかマンモスだとかビッグだとか、そういうあだ名がついたらどうしよう……そう心配しているうちにも、ぼくの身体はどんどん大きくなっていく。

四番目。オトトイもすごい勢いで大きくなっていった。今ではざぶとんぐらいの大きさになっている。それでもまだ毎日大きくなっていくから、最近じゃベランダの下に隠すのが難しくなってきた。どこか新しい場所を探してやらないといけない。オトトイがこんなに大きくなるのは、だれかがすっぱい涙をエサにしてあげているとしか思えない。だれかがっていったって、ぼくとミカしかオトトイのことを知らないわけなんだから、ミカしかいない。ぼくはあれから一度も泣いていないんだし。でも、そんなことミカに聞いたら、また怒られるから何も言えない。とにかくぼくは、新しいオトトイの住みかを探さなくちゃいけないと本気で心配していた。

……これが六月に起きたこと。終わり。

その日はすごく暑い日で、ぼくとコウジが放送当番だった。だけど、ぼくにはどうしても用事があったので、下校放送のときはコウジだけにやってもらった。もちろん先生にもちゃんと理由は説明しておいた。コウジはあとでぼくの家に来るそうなので、そのとき一人で当番をやってくれたお礼にジュースを一本おごってやる約束をしてから、ぼくは先に放送室を出て家に帰った。急いで帰った。

家に帰ると、お姉ちゃんの気配がした。玄関に並んでいたクツで、お姉ちゃんがいるってことがわかったんだけど、応接間にはいないようだった。台所にもいなかった。そのとき部屋からぼくの名前を呼ぶ声がして、お姉ちゃんが自分の部屋にいることを知った。

お姉ちゃんの部屋に入ってみると、中は空っぽだった。残っているのは、上にふとんをしいていないベッドと、空っぽの棚がいくつか。それに、大きなかばんぐらいだけだった。そのかばんの上に、お姉ちゃんは座っていた。

「もう、全部運んでもうたわ。あとはこのかばん持っていくだけや」

お姉ちゃんはそう言うと、部屋をぐるりと見まわした。「ベッドは大き過ぎて持っていかれへんから、ここに置いてくわ。好きなように使ったらええ」

「その棚は？」

「カラーボックス？　これはユウスケにあげるわ。あんたはミカとちがって、なんでも片付けたがるほうやろ。せやから、これを使ってなんでも整理したらええ」

「サンキュ」

「今日、ミカはおらんの？」

「ミカは、空手の練習に行ったんや」

ミカのバカ。お姉ちゃんの引越しの日ぐらい、練習を休んだっていいのに。それなのに、練習はぜったいに休めないだとか言って、道場へ行ってしまった。

「……休めって言ってんけど、今日は休まれへんって。ミカも残念そうやった」

ぼくがそう言うと、お姉ちゃんはちょっと笑った。ウソをついたのがばれたのかな。何だかお姉ちゃんがかわいそうに思えたから、急についてしまったのだ。本当は、あんまり残念そうじゃなかった。

「あいつ、ほんまにアホやわ」

「まあ、ええやん。別に会えへんようになるわけとちがうやろ」

「そうやけど」

ぼくは言った。「でもアホや」

「ミカに言っといてな。会われへんで残念やったけど、お姉ちゃん、怒ってへんかったって。あと、練習がんばりやとも言っといて」

「わかった」

「ほんなら、お姉ちゃん行くから」

お姉ちゃんは、大きなかばんから立ち上がると、それを肩にかけた。隣りに並ぶと、いつのまにかぼくは、お姉ちゃんとそんなに身長も変わらなくなっている。

「ユウスケ、身長伸びたなあ」

「荷物、途中まで持ったろか?」

「かまへんねん。しんどなったら、途中のコンビニで宅急便にして送るんや」

「また遊びに行ってええ？」

「うん、おいで。ミカとも仲よお。お父さんとも仲よお」

「うん」

ぼくは言った。そしてお姉ちゃんは、半分楽しそうに、半分悲しそうにドアを開けて出ていってしまった。

本当は、お姉ちゃんが部屋から出ていく前に、ぼくは何て言いたかったんだろう？　やっぱり行かないで、ここで暮らそうよって言いたかったのかも。それとも、やっぱり荷物は持ってやるって言いたかったのかも。どっちだかわからないけど、とにかく何か言い足りないことがあるような気がしてならなかった。どうせまた会えるって知っているんだけど、それでも何か言い足りないような気がしてならなかった。

一人になったぼくは応接間のソファーに飛び込んだ。ボヨンボヨンとはねるのが終わったあとで、顔をソファーに押し付けて、そこに息を吐いた。すごく熱い息だった。どうして、お姉ちゃんとこれでもう会えないような気がするんだろう。不思議だ。どうせ家にいたときだって、ほとんどしゃべってもいなかったのにな。それなら、別にどうでもいいはずなのにさ。

……しばらくソファーの上で寝転がっているうちに、ぼくは眠ってしまったらしい。コウジが部屋のインターホンを押さなかったら、きっと夜までずっと眠っていたはずだ。あぶないあぶない。

コウジは部屋に上がりもせず、玄関から大声で、

「はよ行くでー!」と怒鳴った。「はよしいやー!」

「待って」

ぼくは急いでサイフを手にすると、それをしっかりとポケットに入れて部屋を出た。サイフの中には、きのう父さんにもらった二万円が入っている。今日はそれで、大きなキャンプ用のリュックを買う予定だ。

「お金、なんぼぐらいもらった?」と、ぼくは聞いた。「二万円で足りるんやろうか、リュックって」

「買うたことないからわからへんわ」

「コウジはなんぼもろた」

「三万円。足りんかったら、電話しって言われた」

「ふーん」

リュック、いくらなんだろう？　ぼくは二万円しか持っていないことで、けっこうドキドキしていた。だいじょうぶ、ぜったいに足りるよとコウジは言った。もし足りなかったら、俺の分を使えばいいよって。

バスで枚方《ひらかた》の駅前にまで行くつもりでバス停に行ってみたけど、すぐにバスは来なかった。一緒に待っていたおばあちゃんに、今何時ですかと聞いたら、バスはあと十分ぐらいしないと来ないって言われた。ぼくたちは十分がどれくらい長いのか考えて、それは授業の四分の一ぐらいの長さだから、けっこう長い時間だということがわかった。それで、じっとしてるのも暇なので、次のバス停まで歩いて行くことにした。

そうしたら、次のバス停に着く途中でバスがぼくたちを抜いて行ってしまった。今度のバス停では、バスが来るまでぜったいに動かずにいようと思った。でも、いざ着いてみるとやっぱり退屈で、今度こそだいじょうぶだろうと、ぼくたちはまた次のバス停まで歩き始めた。歩いていると汗が出てきて、のども乾いた。だから途中の自動販売機でジュースを買った。約束どおりコウジの分もぼくが出してやった。

ジュースを飲みながら、コウジは言った。

「キャンプの日に、ちょっと頼みたいことがあるんやけど、ええか」

「なんやの？」

ぼくは聞いた。キャンプの日っていうのは、前にも言ったけど、夏休みに入る前の六年生が行くキャンプのこと。その日が近づいてきたので、ぼくたちは今日、こうして一緒にキャンプ用のリュックを買いに行くことにしたのだった。もちろん、リュックならいくつか持っているけど、キャンプのしおりに書かれていた「かならず持ってくるもの」を一度詰めてみたら、ぜんぜん入りきらないことがわかって、それでキャンプ用の大きなものを用意することにしたわけだ。

「なんやのん？　言うてみんと、わからへんわ」ぼくは言った。

「ぜったい、だれにも言わへんのやったら教えたる」

「言わへんよ」

「ほんなら言う」

コウジは急に真剣な顔になって言った。「しおりにな、九時までキャンプファイヤーやるって書いてあったやろ。それから、みんな九時半までに寝やんとあかん」

「せやな」

「ユウスケは九時半に眠たくなるか？」

「いや、たぶんならへんのとちゃう？」

ぼくは言った。というよりぜったい、九時半なんかに眠れるはずがない。いつもだって十一時ぐらいにならないと眠たくならないし、しかもその日はキャンプの日なんだから、みんなが静かにするはずがない。だれかの家に泊まりにいったときと同じようになってしまうだろう。友だちの中には、隠して小さな液晶テレビ（本当にすごく小さいやつだ）を持ってくるって子もいる。ゲームボーイは、ぼくもコウジも持っていくと思う。ほかにもいろいろみんな、隠して持っていくだろう。

それで遊んでいたら、とても九時半になんか眠れるはずがない。もしかしたら、朝まで遊んでしまうかもしれない。

「ぜったいにならへん？」

「ならへん」

「先生らが寝るのって、やっぱり十時ぐらいになるやん」

「うん」

「せやから、見つからんようにバンガローから出られるんは十時半ごろやん」

学校のキャンプでは、テントは持っていかない。その代わりにみんな、丸太ででできたバンガローで眠るそうだ。前の六年生がそう言っていた。あと、バンガローの床は固いから、トレーナーを何枚か下にしいて寝るといいとも聞いた。でもぼくは、別にどこでも眠れるから、トレーナーは一枚しか持っていかないつもりだ。

「まー、そんなもんかもしれへん。十時半ごろかもな」

「何人かの男子が、女子のバンガローに行くやろ」

「そりゃ、行くやろうなあ」

「俺も行くつもりやねん」

「へー」

「ミカのバンガローに行ってな、あいつとちょっと話をしようって思うんやけど……」

ちょっとイヤな気がした。別にコウジがミカのバンガローに行って何を話したとしても、それをぼくが怒ったりできるもんじゃない。だから、別に勝手にさせるしかなかった。イヤだけど、その理由もよくわからない。

「まあ、かまへんのとちゃうか?」ぼくは言った。「別にぼくは何も思わへんよ。気にせんと、勝手にやったらええ」

「いや、別に気になんてしてへん。そうやなくてな、キャンプのしおりを見たら、ミカって安藤と一緒のバンガローやねん。せやからなんとかせんとあかん」

「なんとかって、なんや」

「安藤をバンガローから連れだして、ほかの場所で寝かせるとか」

「そんなん、ぜったいに無理に決まってるやろ。生活委員やで」

「そうやねん。そやからもう一つの作戦があるんや。ユウスケがミカを、バンガローから呼び出す作戦。お前がミカを連れ出したからって、別にあいつなんも思わへんやろ」

「そんで? ミカを連れ出して、バンガローに連れていけばええんか?」

ちなみに、ぼくとコウジも同じバンガローで寝る予定だ。

「あかんよ、そんなん。あかんに決まってるやん」

コウジは言った。「そんなんしたら、ほかの男子がおるやろ。しゃべられへんやん」

「何しゃべる気なん？」

「それは言われへんねん」

「どないしよーかなー」

「ゲーム一本……いや、二本貸したるから。受験終わるまで、ずーっと貸しといたる。せやから頼むわ」

ゲーム二本はかなりの魅力だった。何だか、ミカをゲーム二本でコウジに売ったような気もするけど、やっぱりゲーム二本は捨てがたい。それにもしも将来、本当にゲームクリエイターになるんだとしたら、勉強のためにもゲームをたくさんしておかなくちゃいけない……っていうのはウソ。ただ、遊びたいだけでした。

「ほんで、ミカをどこに連れてったらええのよ」

「まだわからへんけど、どっか、だれもおらんところ。森ン中とか、どっか。それは、その日キャンプ場に着いてから決める」

「ゲーム二本って、ぼくが選んでええんやろうな？　それとも、そっちが選ぶんか？」

「そりゃ、ユウスケが選んでええよ」

「ええわ。そんなら、呼んできたる」

「あー、よかった。助かるわ〜」

コウジはそう言うと急にジャンプして、高いところにある木の葉っぱを一枚むしり取って着地した。ぼくもマネをして二枚分取った。二人とも背がどんどん伸びたので、今年から急に木の葉っぱに届くようになった。それが何だか嬉しくて、ぼくたちはすぐジャンプして、高いところにあるものをむしりとろうとする。掃除の時間には、学校の階段の踊り場でジャンプをして、濡れた手で高いところに手形をつけたりもする。そして、いつもだいたいジャンプの勝負はぼくが勝っていた。それなのに、何だか今日は負けた気がした。葉っぱを二枚取ったのに、なぜだかコウジのほうが高くジャンプしたような気がして仕方がなかった。

そしてまた、バスがぼくたちを抜いて行った。今度こそ乗ってやろうとバス停まで走ったんだけど、やっぱり無理だった。

枚方《ひらかた》市駅のデパートでリュックを見たら、すごく安かった。二万円で足りるどころか、一万円でもじゅうぶんだ。これを買って帰って、二万円でギリギリだったってウソを言ったら、父さんにはばれずに一万円を手に入れられるかも。なんて、一度はそう考えたけど、やっぱりやめた。どうせコウジからすぐに、ゲームを二本も借りられるんだから、今のところ一万円は必要じゃない。こう言うと父さんは、「お前はまだお金のありがたみがわかってないんだなあ」と言って笑うんだけど、父さんこそわかってない。一万円あったからって、どうせ貯金させられて使えなくなっちゃうんだよな。ぼくは、使い道のない一万円よりも、今すぐ遊べるゲーム二本のほうがいい。何だって、今すぐできるものが好きだ。次の日になったら、もう遊びたくなくなっているかもしれないもの。ほしくなくなっているかもしれない。だから何だって、今すぐ手に入るもののほうが好きだ。

そういうわけで、ぼくはこの一万円を盗むより、ハンバーガーを買って食べてしまうことにした。早く家に帰ってリュックを開けてみたかったけど、ハンバーガー屋に入ると、やっぱりハンバーガーのほうが大切に思えた。いつもならぜったいにできないことだけど、新しい味のシェイクが発売されていて、そっちも飲みたいし、いつも頼むバニラも飲みたい。それで、シェイクを二つも頼んでしまった。すごいぜいたくだ。大金持ちになった気分がした。ちなみにコウジは、ハンバーガーのほかに、アップルパイとポテトフライを一緒に買った。これもすごいぜいたくだ。

ぼくたちはトレーを持って、空いている席を探した。どこでも空いていたけど、この時間は高校生の人たちが多い。高校生の人たちはすごくうるさいから、隣りに座りたくない。それで、なるべく高校生が近くにいないような席を探して、二階の席まで見てみた。

するとそこには、安藤とアケミちゃんがいた。

みんなに相手にされていない安藤は、最近、やたらとアケミちゃんと一緒にいる時間が多い。二人とも、学校でも放課後でも、いつもべったり一緒にいるようだ。ちょっと近づきにくい。ぼくたちはなぜだか二人から逃げ出したいような気がして、すぐに階段を降りようとしたんだけど、安藤が走ってやってきてぼくたちの肩を叩いた。

「席探してるんやったら、こっち空いてるで」

窓際のその席を見てみると、ちょうど四人が座れるテーブルで、一人取り残されたアケミちゃんが、すごく心細そうにこっちを見ていた。早く帰ってきてよー、なんて、今にも泣き出しそうな顔をしていた。

ぼくたちは結局、安藤たちの席に座った。安藤に、どうしてシェイクを二本も飲むのかって聞かれたけど、そんなのぼくにもわからない。だから、飲みたいから飲むんだと答えた。そうしたら何だかわからないけど、へー、すごいなあと言った。

別にすごくないけどって答えようと思ったら、安藤はにこにこ笑って、

「そんなにシェイク好きなんやったら、私がもう一本買ったろか？」と言う。いくら好きでも、一度に三本も飲めない。

「今はええわ。二本でええねん」

「ほんなら、今度のときに買ったるわ」

安藤は言った。今度のときって、いつだよ。

「ユウスケたちは、買い物してたんか。何買ったん？」

「リュック買うたんや。キャンプに持ってくやつな」コウジは答えた。「お前らもキャンプの買い物にきたん？」

「ちゃうよ。だってキャンプなんてまだ先やんか。なあ」

安藤に言われると、アケミちゃんは笑ってうなずいてみせた。何だか、緊張して

る。そう言えば、前にぼくのうちへ遊びにきたときも、話すようになるまでしばらく時間がかかった。

「私らな、今月たんじょう日やねん。なー」

またアケミちゃんがうなずく。何だか、変な二人だ。

「私ら、たんじょう日が三日ちがうだけやねんで。私が先で、アケミちゃんがあと。そやから、二人でたんじょうプレゼントを買いにきてん」

「せやけど、そんなん一緒に買ったら、何あげるかばれてまうやんか」コウジは言った。

「別にええねん。相談しあいながら買うんやもん」

「何あげたん？」

アケミちゃんがあまりに静かでかわいそうなので、ぼくはアケミちゃんにそう聞いた。すると彼女はすごく顔を真っ赤にして、苦しそうに下を向いてしまった。それから小さな声で、

「ハンカチ」

と言った。どうしてハンカチって言うのが恥ずかしいのかわからないけど、とに

かくアケミちゃんは、今にも死んでしまいそうだったから、ぼくはそれ以上聞くのをやめた。

代わりに安藤に聞こうとしたとき、口から少しシェイクがこぼれてしまった。みんな汚いなあと言って笑った。アケミちゃんもちょっと笑ったので、こんなことなら、もっと早くこぼせばよかったと思った。

「……ほんで、安藤は何をあげたん？」

「ポスト」

「ポストってなんやの」

「手紙が入ってるやつやん。小さくてかわいいポストが売っとってな、アケミちゃんはそれがほしいって言うから、それにしてん」

「アケミちゃん、ポストなんて何に使うねん。アケミちゃんちも団地やねんから、下にポストあるやん」コウジは言った。

「……ポストはある」

「ほんなら何に使うん？」

「わからへん」

アケミちゃんは、泣き出しそうな顔になった。別に怒ってるわけじゃないのに、どうしてそんな顔になるのかしらないけど、とにかくアケミちゃんはいつもそうなのだ。だからコウジも、それ以上聞くのをやめた。

「そうや。あんたらも、なんかたんじょうプレゼントちょうだいや」

「お金ないから、なんもあげられへんわ。なあ、ユウスケ」

「ほんまや。自分のお金なんて今、全部で百五十円ぐらいしかないかもしれん」

「ユウスケ、お年玉は何に使ったん？」

「もらってすぐ使ってもうた。コウジと一緒にゲーセンも行ったたし、ゲームソフトも買うたし」

「俺もや。俺なんて、スケボーも買うてしもた」

「ほんまに貧乏やな。ええわ、ほんなら。せやけどあんたら、貯金ぐらいはしいや」

「あ。そうや。俺あげるもんあるわ」

コウジはそう言うと、ポケットをごそごそとやり始めた。すると、それを見た安藤がすかさず言った。

「コウジはアケミちゃんにあげや。コウジはアケミちゃんにあげて、ユウスケは私。それでちょうどええやろ」

「別にどっちがもろうてもええよ。はい、これやるわ」

それは、ひもがついた五円玉だった。ぼくたちが今日実験した、ダウジングの道具だ。きのうのテレビでやってたんだけど、その人はすごく広い森の中に埋めた指輪を、これと同じような道具で探し当てた。それをぶら下げたまま歩いていると、とつぜんコインがグルグルと回り始めて、その下の土を掘ってみたら、本当に指輪が出てきたんだ。それでさっそく、ぼくとコウジは学校で確かめてみたのだった。

「その五円玉もあげるで」

「あ、そんなんでええんやったら、ぼくもあるわ」

ぼくはポケットをさぐった。

「はい。これは安藤にやる」

パチンコの玉だった。朝の実験でぼくが試してみたとき、五円玉がグルグル回った。そこで急いでそこを掘ってみたら、さびついたパチンコの玉が出てきた。こんなもの見つけたって何にもならないけど、捨てるのも何だかもったいないからポケットに入れておいたのだ。

「なんやのこれ」

「こっちはな、ダウジングの五円玉。きのうのテレビでやってたの知らんか？　宝物とか、水とか見つける道具やねんで。ほんでな、これがそれで見つけたパチンコ玉。ユウスケが見つけよってん。こいつ、もしかしたらダウジングのプロになれるかもしらんな」

コウジはそんなことを言いながら笑っていた。ぼくも笑っていた。今にも安藤が怒ると思うと、もう先に顔が笑ってしまうのだ。だれがこんな汚いもんいるねんな！　と言って、ぼくたちにぶつける姿が想像できた。

だけど安藤は、目の前に置かれたパチンコ玉を手に取って、

「これ、ほんまにユウスケが見つけたん？」と聞いた。

「ほんまやけど……校庭に埋まっとった」

「ほんなら、もらっとく」

なんと安藤は、そのパチンコ玉を大事そうに小銭入れの中にしまった。

それを見ていたアケミちゃんも、小銭入れの中にひものついた五円玉をしまった。

「こんなの、ほんまに見つかるもんなんやな」

安藤はそう言ってから、静かにカップの中のジュースを飲んだ。ぼくたちはあっけにとられて、口をぽかんとあけたまま、じっと安藤たちを眺めているしかなかった。

「ほんまに、すごいわ」

バカだ、こいつ。そんなの、すごいわけないだろ。

ぼくは、だまって残りのシェイクを飲んだ。

## 8 キャンプファイヤー

オトトイを目の前にして、ぼくたちはとまどっていた。

ベランダに入ることができない！　どれだけがんばってみても、ぼくたち一人さえ入ることができない。オトトイが大きくなり過ぎたんだ。いつのまにか、ふとん半分ぐらいの大きさになってしまった。厚みもかなりある。これから先、オトトイがどこまで大きくなってしまうのか、だんだん怖くなってきた。これ以上大きくなったら、とてもぼくたちの力だけではやっていけそうもない。キウイだってそんなに落ちていない。

ベランダの下に隠れられないので、ぼくたちは低くしゃがんだまま、静かな声で相談を続けた。

「もうあかん、大きなり過ぎや。ほかに住める場所探さんと、オトトイ見つかってまうわ」

ぼくは言った。「いっそのこと、学校の先生に話してみよか」

「イヤや。大人に助けてもらうんはイヤや」ミカが言った。

「そんなこと言うたって、ほかにどないしたらええのん。もともとオトトイがこんなに大きなってもうたんは、ミカのせいや。ミカが、なんべんもここに来て、泣いてたからや」

「男は人の前で泣かれへんのやろ。でもアタシはオトコオンナやから、男よりはようさん涙が出るんや」

「都合のええときばっかり、女になってる」

そんなこと言っても仕方がないとはわかっていたけど、どうしても言わなくちゃ気がすまなかった。だいたい、お姉ちゃんの引越しが決まってから、オトトイが急激に大きくなったってことは、ミカがそれだけここで泣いていたせいだ。この間、お姉ちゃんが部屋の荷物を持って出ていったときも、オトトイはたった一日でふたまわりも大きくなった。ぜったい、あの日も泣いていたに決まってる。泣くんだったら、最初からお姉ちゃんの見送りに行けばよかったのに、その日は空手の練習で休めないなんて言いやがって。

いや、文句を言ったってしょうがない。どこかこいつを隠せる場所はないだろうか。ぼくは何日も何日も、そのことについて考えていた。

動物園やペットショップに売り飛ばすのは、かわいそうでできない。それに、こんなにいつもブスーッとしているオトトイを、ぼくたちのほかにだれかがかわいがってくれるなんて、とても思えない。先月には、これ以上大きくなるようだったら、キャンプへ隠して持っていって、森の中に逃がしてこようとも思った。でも今じゃこんなに大きくなってしまって、とてもリュックの中に隠せたりはしない。

いっそのこと、どこかへいなくなってくれればいいのにと、本当は思っていた。ある日、気がついたら土の中にもぐっていって、そのまま行き先がわからなくなってくれたら、本当はすごくいいのに……。

でも、そんなの勝手な考えだな。自分たちで飼い始めるって言ったんだから、ちゃんと面倒は見てやらないといけない。それに、いくらどこかへ行ってしまえって思ったって、オトトイはほとんど動けない。いつまでもじっとここで大きくなっていくだけだ。

「……お姉ちゃんに相談したほうがええかもわからん」

ぼくは言った。「お姉ちゃんやったら、何かええ方法を考えてくれるかもしれん」

「お姉ちゃんかって、ほとんど大人やろ。イヤやわ」

「助けてもらうだけや」

「イヤ！　そんなんしたら、ぜったいどこかに持っていけって言うに決まってるやんか。四年のとき、セミを捕まえてきたときもそうやったもん」

四年生のとき、ぼくたちは土から上がってきたばかりのセミを夜のうちにたくさん捕まえて、カーテンに捕まらせておいた。そうすれば翌朝に、殻を割ってセミが羽根を伸ばし、ゆっくりと乾かすのを観察できるからだ。でも、ぼくたちは朝まで起きていられなくて、結局カーテンの前で二人とも眠ってしまった。

その次の日、目が覚めると昼頃だった。お姉ちゃんは、カーテンにとまっていたセミを全部捨ててしまっていた。

「そんなんやったら、どこか森へ逃がしたる」

「でも、この辺に大きな森はないやんか。大き過ぎてキャンプには連れていかれへんし、だいたい、そこやってどれぐらい大きな森があるんかわからへん」

「そうや、キャンプや」

ミカはそう言いながら、オトトイの背中をなでた。最近は大きくなったので、なでているというよりも、半分叩いているような感じだ。

「キャンプまでの道順を覚えたらええんや。ほんで、帰ってきて夏休みになったら、二人で行けばええ。自転車にくくりつけて、黒いビニールかけて走ったら、だれにもわからへんわ」

「道順なんて、覚えられるやろか」

「帰ったら、お父さんの地図を借りよ。ほんで、バスの中で道順をずっと書いていけばええやんか」

それは、けっこういい作戦に思えた。ぜったいに無理ってわけでもないだろう。

何よりぼくがその作戦を気に入ったのは、キャンプ場に逃がすということだ。やっぱりキャンプ場が一番いい。そこなら、オトトイだってどうにかごはんを食べることができるだろう。さすがにキウイはないかもしれないけど、だれかスイカぐらい持ってくるはずだ。そのうち一つぐらいは、すっぱいスイカも捨ててあるだろう。人がいつもいれば、野犬だって近づけない。

そこで家に帰るとさっそく、父さんに借りた道路地図をパラパラ眺めて、キャンプ場があるだいたいの場所を確認した。そしてそのうち、とても嬉しくなってきた。何だか、ずっと心配していたことがうまくいったときのような気分になった。夏休みの宿題を片付け終わったときだとか、心配だった逆上がりの授業が終わったときなんかと同じような、ほっとした気分になっていた。

次の日の金曜日、体育館でキャンプの説明会があって、荷物の検査もされた。それは、変なものを持ってきていないかというよりも、傘や寒くなったときのトレーナーなど、忘れ物がないかどうかをチェックするためのものだった。

もちろんその日は、ちゃんと地図をリュックから取り出しておいた。だいじょうぶとは思うけど、もしも取り上げられたら、だれかに地図を借りないといけなくなる。ゲームボーイも取り出しておいた。クラスの男子は、みんなうまくやった。ミカもうまくやった。ほかのクラスでは、何かのカードゲームを見つかってしまったやつがいた。一人につき五十枚くらいのセットが必要なゲームだから、あれを見つかってしまったのは最悪だ。

全員の検査が終わってから、説明会は終わった。でも、女子だけ残された。こういうとき何が話されるか、ぼくたち男子もちゃんと知っている。生理の話だ。先生たちは、生理の話ばっかりしているような気がする。そんなこと先生じゃなくたって、だれかがちゃんと教えてくれるのにな。

体育館を出ていくときにミカを見てみたら、ぜんぜん話を聞いていないようだった。ミカは、リュックのベルトを調節することに夢中になっている。疲れないように、肩だけじゃなく、おなかにまでベルトが回るようになっている、すごくカッコいいリュックだった。ミカは、こういうカッコいいものを見つけてくるのがうまい。同じお金を使ったとしたら、ぜったいにミカのほうがカッコいいものを見つけてくる。

欠点は、思いつきで買ってしまうことだ。せっかく買ってもすぐに飽きてしまうこと。そこがぼくとちがう。そしてそこが、ちょっと父さんに似ているかもしれない。

そんなことを思いながら、じっとミカのほうを眺めていたら、体育館に男が自分一人になってしまったことに気づいて、急いでそこを出ようとした。そうしたらだれか悪いやつがいるらしくて、そいつに外から体育館のドアを押さえつけられた。そのことに気づいた女子が、ぼくのことを見て笑っていた。変態だって笑うやつもいた。

それでもどうにかドアを開けて外に出る。ドアを押さえていた犯人は、どこかに逃げてしまったので、もうわからなかった。でも逃げ出せただけで、ぼくは本当に満足だった。ふー。

明日はキャンプか。生まれて初めてのキャンプだな。

ぼくはその場でジャンプをして、体育館の壁にタッチした。できるだけ高くタッチした。

そしていよいよ当日。朝から曇っていて、もしかしたら中止になるんじゃないかと不安だった。テレビでは、台風が近づいてきていると言う。心配だったからコウジのPHSに連絡してみたら、台風はまだすぐに来るわけじゃないからだいじょうぶじゃないかなって言っていた。それからクラスの連絡網で電話がかかってきて、やっぱりキャンプには行くことになったと教えてもらった。

学校の前で待っていたバスに乗り込むときは、どうもまだキャンプに行くんだっていう実感がしなかった。何だか、遠足に行くときとぜんぜん変わらない。ただ、みんないちおう体操服を着ているってことだけが、遠足とちがっているぐらいだった。

バスの中では、レクリエーションをやった。つまり、クイズだとかカラオケ。バスガイドさんはいなかったので、先生が司会をやっていた。でもぼくは、そんなものにかまっていられない。道路地図をひざの上において、バスが曲がるたびに自分たちが今どこまで進んだのか、エンピツで線を引いていかなくちゃいけなかった。地図を持ってきたことについては、先生に何も言われなかった。どこをどういうふうに走るのか、ちゃんと知りたいんだって言っておいたからだ。そうしたら先生は、「葉山は運転手になるとええかもなあ」なんて言って笑っていた。うまくごまかせたのはいいけど、五月の作文で、ぼくが小説家かゲームクリエイターになりたいって書いたことを、先生はもう忘れているんだろうか。

道路はそう悪くなかった。途中までは歩道もちゃんとあったし、これならミカと自転車で走れないこともない。一日かけていけば、どうにかなるだろう。去年、遠乗りをしたこともあるし、これぐらいどうってことないはずだ。

だけど、それよりも先に困ったことになった。バスの中でずっと地図を見ていたら、気分が悪くなってきたのだ。吐きそうになってきた。それで途中の休憩所のトイレに着いたとき、ぼくは少し吐いてしまった。そのあと、安藤が車酔い止めの薬をくれて、着くまで寝てたほうがいいんじゃないって言われた。でも、そういうわけにもいかない。せっかくここまで道順を書き込んできたんだから。

そうしたら、ミカがぼくから地図を取り上げて、あとは自分がやると言ってくれたんだけど、今度は次の休憩所でミカが吐いていた。ぼくはもうその頃になると、すっかり元気になっていたので、また地図に道順を書いていくのを交替することに

なった。ミカも安藤に酔い止めの薬をもらっていた。そのあとクラスの男子がぼくの肩をぽんと叩いて、

「よおー、ゲロきょうだい」

と言って笑った。でも、ぼくはぜんぜんおかしくなんかなかった。ミカがそいつのことをじっと見ていたので、たぶんあとで復讐《ふくしゅう》されるんだろうなあと思うと、そいつのことが少しかわいそうにも思えた。

そして山道を上がり、ついにぼくたちはキャンプ場に着いた。


小さなグラウンドのようなキャンプ地。後ろは森になっていた。森のふもとには丸太のバンガローがいくつも並んでいたけど、ぼくが想像していたものよりはずっと小さかった。

ひとまずリュックを下ろしてクラスごとに一か所にまとめた。ここで一日暮らすんだと思うと、すごく自分が強くなったような気がした。明日になったら、ぼくはすごく大人になってしまうかもしれない。これから先、もしもぼくが森の中で遭難するようなことがあったとしても、もう心配なんてしなくなるかもしれない。外国

の兵隊みたいに、ぼくは森の中で何日も生き延びて、ぜったいに勝つことができるようになるだろう。だれに勝てばいいのかはよくわからないけど、とにかく生き延びて勝つことができる。そんなことを考えていると、急に自分の背中がしゃんと伸びてくるのがわかった。

先生に注意事項を告げられると、四時まで自由時間になった。

ぼくたちは、あまり大きな森を見たことがないので、みんな時間を忘れて飛びまわった。先生とすもうをとるやつもいたし、変な草をつむ女の子もいた。林の中に入って昆虫を探している子もいた。つまらなさそうに、ずっと地べたに座り込んでるやつらもいた（だったら来なけりゃいいのに）。

ぼくとミカとコウジは三人で何となくキャンプ場を歩きまわってばかりいた。もちろんミカは、オトトイをどこに逃がしてやれば一番いいかと考えていたわけだし、コウジは今夜、ミカを呼び出すときに隠れる場所はないかだとか、どこで待ち合わせたらいいんだろうだとか、そんなことを考えていたんだろう。ぼくはミカが考えていることとコウジが考えていることの両方をやっていたので、忙しくて仕方がなかった。頭が二つほしいぐらいだった。

そして四時からはカレーの準備。ぼくたち男子は先生についてもらって、飯ごうでごはんを炊《た》いた。キャンプに何度か来たことのあるやつが、

「飯ごうでごはん炊いたら、おコゲがようさんできて、うまいんやあ」

と言う。その話を聞いたあと、ぼくはそのおコゲとやらを食べたくて仕方がなくなっていた。

ところで、この料理の時間はみんなでやるはずだったのに、途中で抜け出してしまったやつがいる。ごはんの時間になって、そいつがいないことにようやく気づいたんだけど、それはあの、バスの中でぼくたちのことを「ゲロきょうだい」と呼んだクラスメイトの男子だった。でも結局その子は、カレーがよそわれる前にちゃんと見つかった。林の中にある、今は使われていない小さな焼却炉の中に閉じ込められていたのだ。遊んでいるうちに、外からだれかに、扉のフックを閉められたらしい。隣りのテーブルでミカがニヤニヤ笑っていたところからすると、たぶん復讐されたんだと思う。かわいそうにその子は、狭くて焦げ臭《こ》い焼却炉の中でずっと叫んでいたもんだから、すっかり気分が悪くなって何度か中で吐いてしまったらしい。体操服も汚れていた。

そいつが先生に連れられていくとき、ミカは鼻をつまんだままアカンベーをした。おかげでその子は泣き出すし、ミカはまた怒られるしで、ごはんを食べるのが三十分も遅れてしまう。その間、ぼくはもう、自分の皿にもられたおコゲのことが気になって気になって仕方がなかった。

「どうや？　うまいやろ」

キャンプの達人がぼくに聞いた。

「うん、うまいな」

「これなー、ほんまはショウユかけて食べるのんが、一番うまいんやけどなあ」

こいつって、キャンプの話よりも、ごはんの話のほうが好きなのかもしれない。何だか、この子の話を聞きながらだと、目の前にある甘ったるいカレーも、すごくおいしいものに感じた。

食事が終わったあとで、ミカはぼくを呼んだ。片手には、凍らせたジュースを持っている。

「何か、もう暗くなってきたな」

ミカの言うとおりだった。空はまだ夕焼けを少し過ぎたぐらいなんだけど、森の中はかなり暗くなってきた。昼間の印象とはすごくちがって、何かとてもこわいものが隠れているような気がした。今日はみんなで来ているから、それもどうってことないけど。

「ほんまに暗くなってきたな」ぼくは言った。「それよりミカ、オトトイを隠すのに、ええ場所は見つかったんか?」

「んー、それがなあ。アタシは最初、あそこの焼却炉がええかと思っとってん。せやけども、なあ」

「あー。あいつがゲロ吐いたんやってな。それじゃあかんわ」

「せやからさ、あの一番上にあるバンガロー。あの下なんてどうやろうなあ」

丸太作りのバンガローは、地面より高い場所に作られているので、床の下がかなり空いている。ぼくたちぐらいなら、ちょっと腰を曲げればじゅうぶんに入ることができた。

「すぐに見つかってしまうんとちゃう?」

「そうでもないんや」

ミカは言った。「ちょうど一番上のバンガローの下にな、大きな草が生えてるねん。あれやったら、簡単には見つからへんと思うわ」

「せやけど、その分、オトトイがごはん食べるところまで遠いんとちがうかなあ」

「だって、ほかにないやんか。ユウスケは、どっか見つけたんか？」

「今考えとってん。この後ろにある丘を上ったら、向こうにもういっこキャンプ場があるんやって？　そっちを見たほうがええかもしれんって思ってんねんけど……でも、あの森に入るのは禁止やろ」

「あんたアホやな。禁止っていうのは、先生の見てる前ではあかんってことやで。見てへんかったら、かまへん」

「いつ行く？」

「夜や。夜に上ってみよう」ミカは言った。

「いや、夜はあかん。夜は、その、いろいろ用事があるねん」

「ほんなら、それ終わってからでええわ。そうやなあ、十時ごろ？　十時ごろにどっかで待ちあわせしよっか」

「……十時はおらんかもしれん」

「ほんならアタシ、先にそっち行くわ。ユウスケおらんかったら、コウジと一緒に遊んで待ってる。それでええやろ」

ぜんぜんよくなかった。だって、そのコウジもミカに用事がある。そこでぼくは、何とかうまい方法を考えついた。

「なあ。二人だけで行くのは心配やから、コウジも連れていかへんか？」

「だって、そうしたらオトトイのことばれてまうやん」

「せやけど、ぼくとミカがおらんようになったら、コウジもかわいそうやろ。それに、コウジにばれたかって、あいつがほかのやつに言うと思うか？」

「そりゃまあ、そうやな」

ミカは大人みたいに、腕組みをしながら考えていた。

「ふむ。まあ、そうかもしれんわ。せやけど、やっぱり心配やから、オトトイのことはあとで言おう。丘の上に上ってから教えたるって言っとき」

「わかった。じゃ、コウジと二人で待ってるからな。どこのバンガローかわかるやろ？」

そのとき、先生がぼくたちの名前を大きな声で呼んだ。

「こらー、葉山きょうだーい！　手伝わんかー。落ちてる木を集めてこんかーい！」

「今集めてるんや－！」

ミカはそう怒鳴り返して、さっさと林の中へ枝を拾いに行った。ぼくは、キャンプファイヤーで司会進行の準備をするために、バスの中へマイクやスピーカーを取りに行った。

キャンプファイヤーの炎は、すごくきれいだった。いつまでも、燃やすものがなくなってしまうまで、ずっとその炎が続けばいいのにと思った。学校では、猿が火を使うようになって人間に進化したって教えてもらったけど、ぼくは、火をきれいだって思った猿が人間になったんじゃないかなって思ってる。人間になりたかったからじゃなくて、火をきれいだなって思ったときから、とにかく人間になってしまうんだ、きっと。だって、きれいなものを見たり、面白いことを聞いたら、だれだってほかの人に伝えてあげたくなるだろ？　だから、言葉をしゃべらなくちゃいけなくなってしまう。火がきれいだよってだれかに教えてやるために、言葉が必要になる。文字が必要になる。だから火をきれいだって思った猿は、やっぱり人間になるより仕方がなかったんだよな。

「アー、ウー、アー……」

コウジがハンドマイクの用意を始めた。そういえば、もうすぐキャンプファイヤーの出し物を二人でやらないといけない。それを考えると、緊張して死にそうな気分になった。放送委員のくせに、人の前に立つのはいつも緊張する。

「アーウーアー……た、た、ただいま、マ、マ、マイクのテスト中～♪」

コウジが変な歌を唄《うた》ったので、先生に頭をぽんと軽く叩かれた。でもきっと、先生も大きなキャンプファイヤーの炎を見て、いい気分なんだと思う。怒って叩いたっていうよりは、ツッコミを入れてくれた感じ。これがなかったらコウジはいつまでも歌を唄い続けなくちゃいけなかっただろうし。

「ただいまより、キャンプファイヤーを始めます」

もう始まってる！　とだれかの声が聞こえた。こういうのには、ぼくたち放送委員はすっかりなれっこだ。

「……キャンプファイヤーが始まってます」

コウジは言い直した。「まず最初に、校長先生のお話です。みなさん静かに聞きましょう」

長い長い、校長先生の話が始まった。ぼくは、先生が話し終わる前に、キャンプファイヤーの炎が先に小さくなってしまうんじゃないかと不安だった。

先生が話し終わるまで、ぼくもコウジも、みんなと同じように座って話を聞いていた。みんなの顔が赤い光に照らし出されて、ゆらゆらゆれている。みんな知っている顔なのに、みんな知らない人たちに見えた。みんないつでも会える人たちなのに、みんなあしたは会えないような気がした。どっちが本当なんだろう。炎にあぶられながら、ぼくはずっとそんなことを感じていた。

校長先生の話が終わったあと、今度はぼくがマイクを使う番だった。スイッチを入れて、さっそく放送委員の出し物を始めようかと思ったとき、ぼくはふと気づいたことがあった。すぐそばに安藤が座っている。生活委員だから、先生たちのいる辺りに集まっているんだろう。とにかくぼくのそばで、炎に照らされた安藤がじっとこっちを見ていた。ぼくたちの物マネクイズを聞いているのかなと思ったけど、ぜんぜん手を挙げなかった。いくらやってみても、安藤はただじっとこっちを見ているだけだった。

そのうち、安藤が何か持っていることにぼくは気づいた。指の先で何かを転がしているみたいだ。よく見てみると、それはぼくが先週あげたパチンコ玉だった。ダウジングで見つけたとか言ってあげた、汚いパチンコ玉だ。安藤はそんな、どこにでもある、どうでもいいパチンコ玉を、すごく大事なものを持っているみたいに指先で転がしている。ときどき卵でも温めるみたいに両手でじっと包んでいた。

あれ、どうしてだ？

どうして急に安藤のことが気になったりしたんだろ。どうしてぼくは、安藤の手をじっと見てるんだろ？　安藤もぼくのことに気づいたみたいだった。ぼくのほうをじっと見て、ニッコリ笑った。

そうすると、また炎に照らされて、安藤の笑顔がゆれた。安藤の笑顔はゆれて、それがすごく頼りないものに見えた。卵の殻みたいに、大阪にはめったに降らない雪のように、顕微鏡で使うカバー・グラスのように見えた。朝になったら壊れてしまうような、すごく頼りないものに見えた。

「じゃー次は、アヒルの物マネします」

ぼくはどぎまぎして、物マネクイズの答まで言ってしまった。

「ユウスケ、答言ってもうたやんか」

「あっ、あかん。これはなし」

「わかりました！　アヒルでーす！」

ぼくがまだ何もやっていないうちから、クラスメイトのだれかが答えた。それでみんなが笑って、ぼくも一緒に笑って、何をしたらいいのかわからないままマイクをコウジに渡した。

「ごめん、ちょっとトイレに行ってくるわ」

「それでモジモジしとったんか。はよ行ってこい」

コウジはそう言うと、ぼくに代わって次の物マネを始めた。

ぼくは、キャンプファイヤーから遠いトイレに入って、オシッコをした。そしてゆっくりトイレから出ていって、遠くに見える炎をじっと見ていた。あそこには、コウジがいてミカがいて安藤がいる。先生がいてクラスメイトがいる。何だかすごく変な感じだ。

ぼくは今すぐみんなのところへ戻りたい気もしたし、もうしばらくみんなを遠くから見ていたい気もした。どうしてだろうね。

# 9　雨の中で見つけたもの

ぱらぱら雨が落ちてきた。

バンガローの入口の辺りに座っていると、森の葉っぱに雨がぶつかる音が聞こえた。外をじっと見つめていると、ときどき先生が懐中電灯を持って、キャンプ場の見まわりをしているのが見える。そのたびに、急いでバンガローの中に戻る人影が見えた。間に合いそうもないのか、バンガローの下にもぐって先生をやり過ごすやつもいた。

「ミカはほんまに一人で来れるんやろか」

コウジはさっきからずっと、ミカがいるはずのバンガローを眺めていた。ぼくはさっきまで懐中電灯を使ってゲームボーイの画面を照らしていた。新しいゲームボーイを持ってる子は、ここぞとばかりにバックライトを使ってやっていたけど、ぼくのは古いタイプだから、明かりがないと画面が見えないのだ。だから懐中電灯を使っていたんだけど、先生の見まわりが始まったので、明かりを消さなくちゃいけなかった。まだ起きて遊んでいるのがばれてしまう。

「やっぱ、一人じゃ動かれへんのとちがうやろか」

「ミカやで。そんなん、一人かってじゅうぶんできるわ」

ぼくは言った。「それより、だんだん雨が降ってきたな。コウジたち、どこで話すつもりやねん」

「わからん。だんだん緊張してきて、そこまでよお考えられへんわ」

「お前、物マネやるときはぜんぜん緊張してへんかったのに、こんなことには緊張するんやな」

「そりゃそうや。大事なことは緊張するわ」

「で、どないすんのん」

「ほんなら、バンガローの下で話そ」

コウジはバンガローの床を、げんこつでコツコツと叩きながら言った。「まさか、下でしゃべってる声、上までは聞こえへんやろ？」

「たぶん、だいじょうぶと思う」

「俺、ミカに会ったらなんて言おう？」

「そんなん自分で考え」

「もしもやで、もしも好きって言って、ミカも俺のこと好きって言ったら、どないしたらええと思う？　そっから先、どないしたらええのかわからん」

「付き合ってって言えばいいねん」

「俺とミカが付き合えるやろか？　うまくいくと思うか？」

やっぱりぼくにはわからない。だってぼくにとってみれば、ミカのことを好きな男の子がこの世に存在するってだけで、何だか全部ウソのことみたいに思えたから。オトコオンナを好きになるのは、やっぱりオンナオトコかと思ってた。よりによって、コウジが好きだったなんてことは一度も考えたことがない。

「なあユウスケ、なんか言ってや」

「それよりな、ミカと話したあとのことやけど、ちょっとついてきてほしいところがあるねん。手伝ってほしいんや」

「なんや？」

「あとでミカと一緒に、この丘の上まで行くつもりやねんか。向こう側にもキャンプ場があるって聞いてん。せやからコウジも一緒についてきて。見はりとかいろいろやってほしいことあるねん」

「向こう側のキャンプ場に行ってどうすんねん」コウジは言った。「ほかの学校でも来てるんか?」

「探すものがあるんや」

「だから、何を探すんや」

「あとで教えたる。ついてきてくれたら途中で教えたる。丘の上に上ってからや」

「なんやわからんなー……でもまあ、ずっとバンガローにおってもしゃあないから、ついていってもええわ」

ぼくたちはけっこう大きな声で話していたけど、同じバンガローにいるほかの連中は、あまり興味を示していなかった。みんな自分たちのことで忙しかったみたい。眠っているやつは眠ることに忙しくて、ゲームをしているやつや怪談話をしているやつはやっぱりそっちで忙しい。女子のバンガローに行こうぜって打ちあわせをしているやつもいた。とにかく、みんな自分たちのことで忙しくて、人の話なんて聞いてもいなかった。

「コウジ、ちゃんとカッパ持ってきたか? 雨が強くなってきたから、カッパ着て行ったほうがええかもしれん」

「カッパのことまで考えてられんわ。めっちゃ緊張してるんや」

コウジはそう言うと、だまり込んでしまった。

雨はますます強くなってきて、森の葉っぱがバチバチと音を立てている。先生はあまり見まわりをしなくなっていた。きっと、地面が泥だらけになってきたからだろう。どこかにふざけたやつがいるみたいで、スニーカーが汚れてしまうのがイヤなのか、足をスーパーのビニール袋に突っ込んだまま、バンガローを行ったり来たりしていた。そいつが歩くたびに、ぐしゃぐしゃと変な音が雨の音に混じって聞こえた。

こうしてぼくたちは、すごく長い間、バンガローから雨を眺めていた。だんだん何を待っていたのか忘れてしまいそうになる。ぼくたちは山の中で遭難して、朝になるまで何もやることがない人みたいだった。それでも雨はますます強くなっていった。もしかしたら、本当に台風がやってきたんじゃないかと、ぼくは思った。

そのとき、大きな影がぼくたちのバンガローの下に飛び込んできた。

するとコウジがつばを飲む音が聞こえた。しばらくして、バンガローの下から出てきたのは、やっぱりミカだった。ずぶ濡れのミカが近くに来ると、身体じゅうから雨の匂いがした。

「危なかったわ〜。もうちょっとで見つかるところやった」

ミカは楽しそうに言った。夜行性の動物みたいに、夜が楽しくて仕方がないように見えた。何だか、目まで光っているような気がする。

「体操服、びちょびちょになってもうた」

「ミカ。ちょっと話があるんやけどええか？」

「なんやの？」

「ぼくやなくて、コウジが」

「ん。話ってほどとちゃうけどな」コウジは言った。

「でも、言うことあるんやろ。言いや。バンガローの下で話したらええやん」

「ほんなら、ちょっと行ってくる」

コウジは自分が言い出したくせに、何だかめんどくさそうな顔をしてバンガローから出て行った。ミカは不安そうな顔をして、一瞬だけぼくのことを見たけれど、ぼくは目をそらせた。これはコウジとミカの問題だから、ぼくが何か言うべきじゃない。

こうして二人がバンガローの下にもぐってしまうと、また雨の音しか聞こえなくなった。だんだん雨が吹き込んでくるようになったので、ぼくは入口のカバーを閉めて、そのまま固い床の上に寝転んだ。

すごく長い時間が過ぎた。じっとしていても、床の下から二人の話し声は聞こえてこなかった。どうにかして話を聞きたいような気もするし、そんなことぜんぜん聞きたくないような気もする。それでもとにかく、二人をじっと待っていると何だかぼくはイライラとしてきたので、別のことを考えることにした。

一番初めに安藤のことを考えた。キャンプファイヤーで見た、汚いパチンコ玉を大事に持っている安藤のことを考えた。安藤はもう眠ってしまったかな。生活委員は寝るのも早いんだろうか。

その次には、父さんのことを考えた。今日、父さんは家で一人だ。でも、本当は一人じゃないかもしれない。もしかすると、鳩山さんが遊びにきているかもしれない。父さんと鳩山さんは、いつか結婚するだろうか。もしそうなったら、ぼくは鳩山さんのことを母さんって呼ばなくちゃいけないんだろうか。でもぼくはまだ、鳩山さんを一度も見たことがない。変な人だったらイヤだな。どうせ新しい母さんになるんだったら、保健の先生みたいに、きれいで静かで優しい人だといい。

そして最後に、お姉ちゃんと母さんのことを考えた。今ごろ二人で何してるんだろ。お姉ちゃんは、母さんの言うことはよく聞いていたみたいだったから、最近はちゃんと早く家に帰ってきてるのかな。彼氏に殴られたあとはもう見えなくなってしまっただろうか。しばらく眼のまわりに青いアザが残っていたから……でもやっぱり、殴るような彼氏とは別れたほうがいい。

いろんな人たちのことを考えているうちに、ぼくはだんだん眠たくなってきた。

そして、もうすぐで本当に眠ってしまうというその瞬間、コウジがドタドタとバンガローに上がってきた。

一目見て、すごく落ち込んでいるのがわかった。

「コウジ？　だいじょうぶか」

「だいじょうぶや、別になんともない」

コウジはそう言うと、ごろりと固い床の上に寝転んでしまった。「別にどっちだってええねん」

「ミカ、なんか変なこと言うた？」

「なんもない。俺、ちょっと眠いから寝るで」

うつぶせになってしまったので、顔はもう見えなかった。ぼくはしばらくコウジの肩を見ていたんだけど、何を言っていいのか思いつかなかったから、バンガローの下をのぞき込んで、ミカの姿を探した。だけど、そこにはもうだれもいなかった。

ミカはどこに行ってしまったんだろう？　辺りを見まわしてみると、森の中へ一人で入っていくミカの影が見えた。何だ、あいつ？　とにかく放っておくわけにもいかないので、ぼくは友だちに懐中電灯を借りて、バンガローを出ていった。

雨の中を走ってミカのあとを追いかけてゆくと、ミカはもっと早く走り出した。もともとぼくより足が速いもんだから、ますます差が開いていくばかりだ。森の中に入ると、そこはすごい急斜面になっていて、雨の水が集まり、川のように流れていた。強い風が吹いていて、木がギシギシと気持ちの悪い音を立てていた。それでもミカは、そんなことおかまいなしに、どんどん森の中を走り、丘の上へと上がっていった。すっかり疲れてしまったぼくは途中から走るのをやめて、ゆっくりと上ることに決めた。ミカが消えてしまった方向を、ゆっくりゆっくりと上っていった。

そしてついに、丘のかなり上のほうまでたどり着くことができた。一番上には小さな道があるみたいで、そこだけ森が切れているのが見えた。

ミカはもう丘を越えて、向こうのキャンプ場まで行ってしまったんだろうか。そう思い始めたとき、木の下に座り込んでいる人影を見つけた。もちろん、それはミカだった。

「なんやねん、ミカは。一人で行く約束とちがったやろ」

「なんであんなことしたん」

ミカは息を切らしながら聞いた。

「あんなことって？」

「ユウスケは、コウジが何言うんか知ってたんやろ？　それやのに、なんでアタシたちをしゃべらせようとしたん？」

「せやけど、話があるって言うんやから仕方ないやん」

「ユウスケが手伝うことない」

「そうかもしれんけど」

ぼくはそう言うと、ミカの隣りに腰を下ろす。すごく走ったからだろう、近くにいるだけでミカの身体から温かい熱が感じられた。

「そうかもしれんけど、怒ることないやんか」

「アタシはイヤやの」

「コウジのこと嫌いなん？」

「そうやないけど、好きとか言われるんはイヤや。だれに言われてもイヤ」

「そんなんムチャクチャや。コウジが好きやって言うんやから、しゃーないやろ。好きなもんは好きやから、しゃーないの」

「なんで、そんなん思てんやろ、あいつは」

「それは……」

ぼくは言った。「それは、コウジが男でミカが女やから……やろ、きっと」

「なんでアタシ女なん？　女になんてなりたなかったわ。イヤやイヤや、もーイヤや。女はイヤ、男になりたい！　生理とかおっぱいとか、全部イヤや。ユウスケがつけたらええねん」

「ぼくが女やったら変やろ。顔に似合わへん」

「アタシかって、おっぱいなんて似合わへんの」

「そのうち似合うようになるんや。せやから、そんなん言うな」

「アタシのやもん、何言うても勝手やの」

「あかん。自分の身体のこと、そんなん言うな」

「あんた、保健の先生みたいなこと言いよるなァ。ええか、ユウスケはアホやから何もわかってへんのやろ。アタシはまちがえて女になってもうたんや、ほんまはユウスケと……」

そのとき、丘の上の道をだれかが歩いてくる音がした。

「しーっ！　だれか来た」

ぼくはミカの口をふさいだ。するとミカは顔をゆすぶって、ぼくの手を払いのける。それから二人とも、小さな声になった。

「顔に泥ついたやんか」

「だれやろ、こんなところ歩いてんの」

「向こうのキャンプ場から来た人とちゃうんかな」

ぼくたちは息を殺して、じっと彼らが通り過ぎるのを待っていた。この人たち、何だってこんな雨の中を歩いてるんだろう？　早く通り過ぎてしまえと思っていたのに、ぼくの願いはかなわなかった。その人たちは立ち止まって、道の上で話を始めたのだ。今さら逃げるわけにもいかないから、ぼくたちはそこに隠れ続けているしかなかった。

悪いとは思ったけど、結局、話は全部聞いてしまった。ここにいるのはたぶん、向こう側のキャンプ場に来ていた中学生の男女だ。きっと向こうのキャンプ場からは、この道に簡単に出られるんだろう。まさかこの二人が、ぼくたちみたいに泥だらけになって森を上ってきたとは思えない。

二人はぴったりくっついていた。そして、ぼろぼろの傘の下でキスをした。ミカが笑い出しそうになったので、ぼくはまたミカの口を手でふさがなくちゃいけなかった。でも今度は、ミカもその手を払いのけたりはしなかった。自分でもその上から口をふさいで、笑い声が漏れないようにしていた。

雨の中の二人はキスを何度もして、それから言った。

「好きや」

「私も好き」

そしてもう、キスはしなかった。二人で長い間、傘の下で手をつないだまま、何も話さず、何もやらず、じっとしていた。すごく長い時間そうしていたあとで、二人はようやく向こうへ行ってしまった。いくら森の中にいるとはいうものの、その間にぼくたちはすっかり雨に打たれて、服を着たまま、どこかで泳いできたみたいになっていた。

その頃になると、ミカはもう笑ったりしなかった。それどころか、すごくまじめな顔をしていた。

「あそこまでして、しゃべりたいんやろか」

ミカは言った。「何も、雨の中で話したりせんでもええのになあ」

「でもきっと、そうなるんやで、みんな。大人になったら」

「アタシはならんで」

「それより、オトトイの隠し場所を探しに行かんとあかんな」

「うん。せやけど、この道の向こう側には中学生がおるやろ？　見つかったら、ちょっと怖いな」

「ミカにも怖いもんあるんや」

「だって、何考えてるんかわからへんもん、あの人ら」

「雨の中で話したり？」

「そう。きっとほかにもいっぱいおるんとちゃうか？　森の中で、みんなチューしてるんとちゃうかな」

「だいじょうぶ、だいじょうぶ。チューするときは、みんな優しい気持ちになってるんやって。せやから、見つかってもなんにもされへんわ」

「そんなん、だれが言っとったん」

「保健の先生」

「あんたは保健の先生、好きやな」

ミカが笑う。「先生とチューしたい？　雨降ってても」

「アホか」

「アタシ、ユウスケと先生がチューするところ、見てみたいわあ」

「行くで。いつまでもここにおったって、しゃあない」

「やっぱり好きなんやな」

うるさい。心の中でそう思いながら、ぼくは丘の上に上り、森の向こう側へ進んでいった。

森の向こう側にはやっぱりキャンプ場があって、ぼくたちのところみたいなバンガローじゃなく、テントがいくつも並んでいた。そしてぼくたちは、そのそばにとてもいい場所を見つけた。森の途中に、すごく大きな木があって、そこの根元が、どうくつみたいにぱっくりと割れて穴になっていたのだ。ここならきっと見つからないだろう。すごく大きな穴だから、オトトイだってぴったり入るにちがいない。

でも、一つ問題がある。それは、ここがとてもさびしいところだっていうことだ。きっとだれもこんな森の中まで入ってこないだろうし、気持ち悪そうだから、この穴をのぞいたりする人もいないだろう。でも、見つからない分、だれにも背中をさすってもらえない。オトトイがしゃべれたら、どっちがいいか聞けるんだけど、何も話してくれないから、どっちがいいのかわからない。

せめて、さっきの中学生みたいにだれか好きな人が一人でもいたら、木の穴の中でも楽しいだろうにな。そういう人と一緒にいられたら、どこにいたって楽しいだろう。でも、オトトイと同じ種類の動物がどこにいるのかもわからなかった。

ぼくがそう説明すると、

「そうかもしれんなあ」と、ミカも言った。「やっぱり、オトトイの仲間を探さんとあかんかもしれん」

「あした時間があったら、キャンプ場のまわりを探してみようか」

「せやな」

「それから、いつかオトトイたちが食べれるように、キウイの種を持ってきたろ。植えといたら、一本ぐらい生えてくるかもしれへん」

「うん」

「なんか元気ないな、ミカは」

「コウジとあしたからどないしよって思って」

「今は、何を考えてもしゃあないわ。あした考えたらええ」

「今までみたいに、友だちでおれるやろか」

「わからんけど、きっとだいじょうぶや」

「ユウスケ、コウジにあやまっといてな」

「ミカが自分で言ったほうがええんとちゃう?」

「ユウスケが言ってや」

ミカは雨に濡れてはりついた髪の毛を、さっと払いのけながら言った。

「今すぐコウジと話したら、わけがわからんようになってまうから」

「わけがわからんって、どういうことなん」

「ん。アタシはコウジのことなんも思ってへんのやけど、あんなん言われたら、アタシも好きかもしれへんって思ってまう。さっき、そうやったもん。頭がこんがらがるわ」

「だって、好きって言われるのイヤなんやろ？」

「せやから、頭がこんがらがるからイヤやの。アタシ、だれが好きなんかわからんようになるの」

「変な性格やなあ」

「アタシが半分、女やからかもしれへん」

「女ってみんなそうなるんか？」

「知らん。せやけどあんたたちはならんのやろ？　せやから、そう思っただけ」

「ふーん」

　わかったようなふりをして、ぼくはうなずいた。何だかミカが急に女の子になってしまったようで、変な気がした。そりゃもともとミカは女の子なんだから、女の子に見えて当たり前なんだけど、それでもぼくには不思議な気がする。

ミカは、雨の中でちょっとだけ女の子になったのかも。ちょっとだけ大人になった。そしてちょっとだけ、遠くなった？　ぼくはそんなことを考えていた。


そのあとのキャンプは大変だった。

あの雨の中をぼくとミカが戻ってきた頃には、雨も風もすごくなっていた。森から出てくるときに、懐中電灯がいくつもゆれているのが見えて、先生がぼくたちの名前を大声で呼び続ける声も聞こえていたので、これは何かまずいことになったとすぐにわかった。どうやら先生たちは、ぼくたちきょうだいがいなくなったことに気づいてしまったらしくて、雨の中をみんなで探していたようだ。

もちろんそのあと怒られた。新しい着替えを着せられ、毛布にくるめられたまま怒られた。何だかそうしていると怒られているのが自分じゃないような気がして、そんなにイヤな気持ちでもなかった。つらかったのは眠たさをがまんすることぐらいだった。

それからバンガローに戻ってみると、コウジは案外元気になっていた。ぼくは、コウジの悲しい気持ちがすっかり飛んでしまうようにと、オトトイの話を全部教えてやった。キウイの木の下にいたということや、隠して飼っていること。それから、どうしてだかわからないけど、オトトイの前で泣くと悲しい気持ちが消えてしまうこと。キャンプが終わってぼくたちの住んでいる町に戻ったら、コウジにもそこを案内してやる約束をした。まだそのことをミカには話していないけど、きっと怒ったりはしないだろう。

そして次の日はずっと雨。雨と言うより嵐だった。

みんなバンガローの中で朝ごはんと昼ごはんを食べたあと、予定より早くバスに乗ってキャンプ場をあとにした。途中で、中学生たちが乗っていたバスとすれちがったので、ぼくは、きのう雨の中でキスをしていた二人を探してみた。でも、だれがだれだかわからなかった。

バスの中で先生は、急に台風が近づいたんだって言っていた。クラスのみんなは台風が来るぞ、台風が来るぞと言って、わくわくしていた。台風が上陸すれば学校は休みだし、家でテレビゲームし放題だもんな。

そして、どうしてだか知らないけど、なぜかクラスの男子と女子が仲よくなっていた。最近あまり仲よくなかったのに、みんな前のように仲よくなってしまった。いつのまにか安藤を無視していたやつらも、前と同じように喋《しゃべ》ったり笑ったりしていた。ということはつまり、明日からまた安藤は元気になって、生活委員の権利をふりかざして、イヤなやつに戻ってしまうということだ。でも、ぼくはそっちのほうがいいような気がする。元気なほうがいいに決まってる。

それと不思議なことにミカとコウジも、いつもの二人に戻っていた。いつもみたいに殴り合ったり笑ったりしている。それをアケミちゃんが見ていて、少し悲しそうな顔をしている。みんなみんな、もとどおりに戻ってしまった。きのう、みんながどこか変わってしまうように感じたのは、まちがいだったのかもしれないな。

でもやっぱりぼくだけは少し変わったような気がする。どうしてなんだろう？ぼくだってちゃんとバスの中にいるのに、なぜかうまく話ができなかった。いや、できるんだけど、何だかちょっとちがって見えた。

自分だけが、少し遠いところにいるような気がするんだ。

「ユウスケくん、ゆうべ先生にずっと怒られとったから眠いんやろ？」

隣りの女子がぼくに言った。

「そうやろか」

「眠そうな目してるわ」

「じゃあ、眠いんかなあ？　せやけど、ぜんぜん眠たくないような気もするねん」

「フフフ。変な人やなあ、ユウスケくんは」

女の子はそう言って笑ってた。

雨の中を、騒々しいバスが走ってゆく。ぼくたちの町へ、バスは帰ってゆく。

## 10　消えたオトトイ

キャンプから帰ってきたときは、雨もすごく強くなっていたから、オトトイのことが心配になってきた。もちろんミカだってそうだろう。帰るなりベランダに出て、駐車場に打ちつける雨を眺めながら、「オトトイはだいじょうぶやろか」って、ずっと気にかけていた。だけどその日はもう眠たくてどうしようもなく、お風呂に入ったあとは、ぼくもミカもあっという間に部屋で眠ってしまった。父さんが帰ってきたのさえ覚えていない。

で、よく朝起きてみると、雨も風もさらにひどくなっていた。テレビの天気予報によると、やっぱり台風が上陸してきたとのこと。もちろん学校も休みになった（やったー）。

それでぼくは何もすることがなかったんだけど、ミカが朝から急におなかが痛いって言い出したから、いちおう、ずっと家にいてあげることにした。父さんが置いていった薬を飲んでみたけどあまり効かなくて、それからいつもより遅れてやってきた家政婦さんが出してくれた薬だとすぐに効いた。

何の病気なの？って聞いたら、男の子は知らんでええことなんよって言われる。つまり、また生理に関係してることだな。だけど、そう言われるとかえって、自分が何をしてあげればいいのかわからなくなった。家政婦さんが夕飯を作って帰っていったあとは、すごく不安な気持ちになった。それで何となくコウジのＰＨＳにかけてみたら、暇だから遊びにいっていいかって聞かれた。もちろん、今すぐに来てくれって答えた。

しばらくするとコウジがやってきた。服もズボンもずぶ濡れだ。傘なんてほとんど役に立たないのに、カッパはカッコ悪いから着たくないんだと。

「カッコいいカッパかってあるんやで」

ぼくは水びたしのコウジにそう言ってやった。「今度、新しいの買ってもらい」

「ええねん。だって、台風なんてめったに上陸せえへんやん。使うときないわ」

「でも上陸してからやったら、カッパ買いにいかれへん」

「どっちでもええけど、これ、はい」

知らない間に、ミカはぼくの後ろに立っていた。一瞬、コウジが緊張したのがわかった。

「これで身体拭《ふ》き」

「なんやのそれ」とぼく。

「なんやって、タオルやろ。濡れたらタオルで拭かんとカゼひくやろ」

そりゃそうだけど、今までのミカならお風呂から上がっても、ろくすっぽ身体を拭かないで部屋を歩き回ってたくせに。それなのにコウジが雨に濡れたってだけで「カゼをひくから」だってさ。変なの。

「ほら。はよ拭き」

「うん」

コウジはうつむいてタオルを受け取ると、玄関で長い髪をごしごしと拭いた。

「ミカ、もうおなかだいじょうぶなんか？　何か買ってきてほしいもんとかないのん」

「だいじょうぶ。せやけど、もう少し寝てるわ。まだちょっと痛いから」

「なんやミカ、おなか痛いんか。カゼ？」

コウジがそう聞くと、ミカはタオルを乱暴にむしり取って、「知らん」と言った。

「ただ、おなかが痛いだけや」

ミカは部屋に戻っていった。コウジは、自分が何か悪いことを言ってしまったのかと思ったみたいで、それからずっと「ミカはなんで怒ってるん？」って、そればかり聞いてきた。ぼくもどう答えたらいいのかわからなかったから、ミカは雨が降っているといつも機嫌が悪いんだって、適当な作り話をでっちあげてやった。コウジは、それをすっかり信じた。

しばらく二人でゲームをして遊んだけど、そのうち飽きてしまった。何だか知らないけど、学校があって忙しいときはゲームがすごく面白いのに、暇でやることがないときは、すぐに飽きてしまう。それで二人してマンガを読んでいたんだけど、急にコウジは、プリンターのそばにおいてあったコピー用紙をハサミで切り始めた。さらに今度は、それをセロハンテープでつないでいる。何をするつもりなんだろうと思ってじっと見ていると、それはメビウスの輪って言う、一回ねじりの輪だった。

コウジは手を休めずに、ぼくに言った。

「……ユウスケなー、キャンプのときに言ってたやろ。名前なんていったっけ？　変な動物見つけたって」

「オトトイのことか」

「あー、それそれ。オトトイ」

メビウスの輪を作り終えると、帯の真ん中にハサミを入れた。輪が外れないよう、帯にそって横に切り進んでいる。

「オトトイに会わせたるって言っとったやろ。せやけど俺、何かもうええようになってきてん」

「なんで？　見たないの？」

「見たないことはないけど、別に悲しいことないから」

「あ」

コウジはミカとのことを言っているんだと、ぼくはようやく気がついた。

「あ、そのことか」

「んん。俺なー、ミカにふられてもうた」

「うん」

「ミカな、好きやって言ったら、急に泣きよってんで。なんでそんなこと言うのんって、泣いとったわ。泣くほど俺のこと嫌いやったんやろか」

「それは、その、ちゃうと思う」

「何がちゃうの」

「いや、その、泣いたんはそういうこととちゃう思うけどなあ……うまく説明できへんけど」

ぼくは何とか説明しようとがんばってみた。

別にミカもコウジのことが嫌いだっていうことじゃなくて、急に言われたんでビックリして泣いただけだし、コウジのことだって好きなのかどうか自分でもよくわからないって言っていたし……と、いろいろ言ってはみたんだけど、何をどう説明したいのか、途中から自分でもわからなくなってきた。そもそも、ミカが急に難しいことを言い出すようになったから悪い。だからぼくも、うまく説明ができなくなったんだ。

それでもぼくが話している間、コウジはだまって聞いてくれていた。メビウスの輪を切り進みながら、だまって聞いてくれていた。

「……あかん。もう、何言うてんのんかわからんようになってもうた。コウジ、ぼくの言うたことわかったか？」

「わからんわ」コウジは笑っていた。「でもま、俺ってカッコ悪いってことはわかった」

「そんなん言うてないやん」

「いや、ユウスケが言うたんとちゃうけど、なんかカッコ悪い。でもま、ええわ。もともと俺ら、そんなにカッコええことしたことないやん。せやから、カッコ悪いこと一つ増えただけやもん」

「うん」

ぼくも笑った。「せやな。コウジ、カッコ悪いな」

「カッコ悪いわあ」

それから二人して笑っていると、急にコウジがぼくにメビウスの輪を見せた。

「これなんや」

「なんやって、メビウスの輪やろ？　先生に教えてもろたやん。エンピツで線引いたら、表も裏も線が引けて、ほんでもとのところへ戻ってくるやつや。なんやっけ……永遠の輪？　永久の輪？　なんか知らんけど、そういう難しい輪」

「正解」コウジは言った。

「何？　それだけなん？」

「それを二つに切った。ほんならどうなるか」

「メビウスの輪が二つになるんやろ」

「はずれー。ほれ見い」

コウジはぼくの目の前でメビウスの輪を広げて見せた。

「二つやなくて、また一つの輪になるんでした」

「あれ？　なんでなんで？　なんかの手品？」

「だれがやってもそうなるんやって」

　コウジはそう言いながら、またさっきと同じように、大きな輪を二つに切ってゆく。今度は幅が狭いので、ハサミもちょっときゅうくつそうだった。

「また切ってんの」

「はい、また切った。広げたらどうなるか？」

「また大きな輪っかになるんやろ」

「またはずれー」

　コウジはそう言って、ぼくの目の前でまた同じように輪を広げて見せる。すると今度は二つの輪がからみあっているような形になった。

「輪がからまります……手品終わり！」

　コウジはメビウスの輪の残骸《ざんがい》を、パソコンデスクのほうへ投げ捨てる。そこの壁には、昔コウジが描いた先生の似顔絵がはりつけてあった。ぼくはその残骸を手に取って、しげしげと眺め回してみる。

　永遠の輪→大きな輪→からまった輪。それから残骸。何だ先生、メビウスの輪だって、切ったら永遠じゃないじゃないか。からまって、何だか難しい輪になったぞ。

ぎってやった。

そう思うと、なぜかぼくは急に腹が立ってきて、からまった紙の輪を両手で引きち

からまっているものは嫌いだ。ぼくとコウジとミカみたいで、何だかイヤになる。

「アホやな。ユウスケ、何を怒ってるんや」

「わからん。いや、別に怒ってへんわ」

「お前らきょうだい、雨降ったらいっつもそうなんか？」

コウジは寝転んだままそう言うと、ぼくの背中を足でつついて笑っていた。

こうしてダラダラ話しているうちに夕方になった。すると、さすがにコウジのおばさんからPHSに電話がかかってきて、雨がすごく強くなってきたから早く帰ってきなさいと言われた。確かに雨も風もますます強くなってきている。それでぼくはコウジにカッパを貸してやって、マンションの下まで送ってやった。

ところが、戻ってくるとミカは応接間のソファーにいて、何だか知らないけどぼくのことを怖い顔でじっとにらんできた。今度は何だ？

「どないしたん？　おなか痛い？　がまんできへん？」ぼくは聞いてみた。「やっぱ、お父さんに電話しよっか？」

「コウジは帰ったん」

「帰ったで。おばちゃんに、はよ帰ってきって言われたから。なんか言うことあったん？」

「なんかって何？」

「そんなん知らんけど、なんかほら、この間のことで……」

「ちゃう！」

ミカは急に怒り出して、ぼくにティッシュペーパーの箱を投げつけると（変なところが、お姉ちゃんにそっくりだ）、またしても部屋の中に戻ってしまった。ぼくはすぐにミカの部屋のドアを開けようとしたんだけど、中から押さえつけるので、まるで動かない。

ドンドンとノックをしても、ミカはドアを開けてくれようとしなかった。

「なんやねん、ミカは。何を怒ってんのや」

「知らん！」

ドアの向こうからミカは言った。

「コウジが帰ったから怒ってんのんか？」

「アホか！」

「ほんならなんやねん」

「なんも言わんと帰ったからやろ」

何を言ってるのか、もうぜんぜんわからない。もしかするとミカは、本当にカゼでもひいてるんじゃないかとも思った。熱があって、頭がおかしくなってるんじゃないのか？

「普通、帰るときは帰るって言うやろ！」

「そんなんやったら、自分で部屋に遊びに来てたらよかってんやろ。何言うてんねん」

「おなか痛いもん」

「おなか痛いヤツが、こんな大きな声出せるかっちゅーの」

「アタシからは行きたないの！」

「知らんわ。熱あるんちゃうかミカは」

「ユウスケのアホ！」

もう相手にする気もなくなって、ぼくは部屋に戻った。それから一人で寝転がりながらマンガを読んでいると、すぐに眠たくなってしまった。

目が覚めると、ミカがいた。

さっきのことで復讐しにきたのかと思って一瞬、身体がびくっとなる。きょうだいだけど、ミカはやっぱり怖い。でもミカの顔は別に怒っていないようだった。

「……んん、なんや？　何時？　電気つけて」

「停電してもうた。電気つかへんみたいやわ」ミカは言った。

「ふーん」

ぼくはまた目を閉じる。暗いんだったら眠ってしまおう。

「ちょっと起き！　起きてーや」

「もー、なんやの」

「なんか、外がすごいことになってる。外の川がすごいねん。ちょっと来てや」

ミカに腕をひっぱられてベランダに出てみると、すぐそばを流れている川がいつのまにか、あふれ出しそうなぐらいになっている。茶色い水に乗って、バケツやら看板やらも流れているようだ。いつもなら橋げたのところに、水位の書かれた目盛りが見えるんだけど、今ではもう何も見えなくなっている。

「うわー、すごいな。家は三階でよかったわー」

「そんなんちゃう。オトトイ、どうなってるんやろ？　あの子はベランダの下やねんで。心配やわ」

「そうや。だいじょうぶやろか」

「どないしよう？」

ぼくはしばらく考えた。でも、やるべきことって言ったら一つしかない。

「よし、ほんならぼくが見てきたろ」

「じゃ、アタシも行く」

「ミカはおなか痛いんやろ？」

「もう治ったから。な？　はよ行こ」

ミカはそう言い終わる前に、さっさとお風呂場のほうに走っていって、乾かしていたカッパを着こんだ。そこでぼくも父さんの大きな傘を差してマンションを出た。コウジにカッパを貸してしまったことを、少し後悔する。

「オトトイ、今ごろ泥だらけやろうか」

ぼくがグズグズ歩いているのを、じれったそうに見つめながら、ミカはそう言った。傘ごと風に飛ばされそうで、なかなか前に進めない。

「なあ、もっとはよ歩けへんのん」

「もうええわ。傘差さんでも一緒や」

そしてぼくは傘を閉じてしまった。そのおかげで、ずっと早く団地に着いたんだけど、問題はまだあった。庭に面したベランダで、一所懸命になって雨戸を閉めているおばあちゃんがいたのだ。おばあちゃんは何度も力を入れて雨戸を閉めようとがんばるんだけど、どうしてもうまく閉まらない。そして、おばあちゃんがいる限り、ぼくたちは庭に入ることができなかった。いっそのこと、今すぐおばあちゃんに手を貸してやりたいとも思ったけど、そんなことをしたら、オトトイのことまで説明しなくちゃいけない。それができたら、ぼくたちはこんなに苦労なんてしない。

団地のまわりを走っている溝は、もう水があふれていた。下水溝の穴にいろんな葉っぱやビニールの袋が詰まって、水がそこから流れなくなっていた。一度、何気ないふりをしてそのごみを取り除きに行ったんだけど、またすぐにどこかからごみがやってくるので、ぼくたちはずっと排水溝の穴のそばで待つことにした。本当におばあちゃんはのんびりしていた。あんまりのんびりしているので、一時間ぐらい待ったような気がしたけど、ぼくたちは時計をつけていなかったから、どれぐらい待ったのかわからなかった。

そしてようやくおばあちゃんが雨戸を閉めて、ぼくたちは急いで庭に入っていった。ぼくの心臓が、まるでジェットコースターに乗ったみたいにキューンと小さくなったのは、そのときだった。

庭に水がたまっている！

どうして庭から水が流れていかないのか、ぼくにはわからなかった。ものすごい水がたまって、小さな池のようになっていた。もう、だれかに見つかるなんてことは気にしないで、ぼくとミカは庭にできた泥だらけの池に飛び込んでいった。たくさんの庭の葉っぱが浮かんでいて、まるで大きな鍋で紅茶を作っているようだった。ザブザブと水をかき分けながら、ぼくたちは進んだ。そして一番端にあるベランダまでやってきた。

だけど、ベランダの下はなかった。もうほとんど水につかっていた。

「あかん！　オトトイがおぼれてまう」

ミカは頭を逆さまにしてベランダの下をのぞいた。ぼくは近くに落ちていた大きな枝を使って、ベランダの下に入れてみた。でも、何もないらしくて、すぐに壁に当たってしまう。いくら動かしてみても、何もそれらしいものはぶつかってこなかった。

すると、ミカが急によつんばいになった。肩まで水びたしだ。

「ちょっと、あかん、ミカ！　あかん」

「あかんことない！」ミカはぼくの手を振り払って言った。「オトトイが死んでまう」

「あかん！　こんなところ入ったら、ミカのほうが死んでまう！」

「だいじょうぶやの！　アタシは泳ぐのうまいんやから」

ミカはベランダの中にもぐり込もうとしたが、たくさんの葉っぱがじゃまになって、うまくもぐることができなかった。そこでぼくの持っていた枝を使って、葉っぱを向こうにかき分けたあと、そのまま頭からもぐった。もぐってベランダの下に入っていった。ぼくはすごく不安だったから、すぐに引き出せるように、ミカの足をつかんでいた。

しばらくしてミカは水の中から顔を上げた。水を飲んだらしくて、何度も口から泥水を吐き出していた。だからその間にぼくがもぐった。目を開けてみると、泥水で前は何も見えなかった。そして、すぐに目がすごくしみてきた。だから目をつむったまま手をあっちこっちにやって調べてみたんだけど、そこには地面しかなかった。田んぼの中に手を突っ込んだときのように、暖かくて柔らかい泥の地面しかなかった。

こうしてぼくたちは何度も交替しながらもぐったんだけど、ついに辺りは真っ暗になってきて、もう何も見えなくなってしまった。身体もへとへとだった。ミカはまだもう少し探してみたいと言ったけど、ここまで探していないんだから、どこかに流れていったのかもしれないと言い聞かせて、何とかミカを庭から連れ出すことができた。

それから二人して、台風が上陸した町の中をずっと探して歩いた。庭の水がどこに流れているのか調べて、その辺りをよく探してみたし、近くにある小さな川も調べた。だけど、いくら探してもオトトイはいなかった。探しても探しても、見つかるものはガラクタばかりだった。あとは雨と風ばかり。それから、ずぶ濡れになったぼくたちの、オトトイを呼ぶ声だけ。あんなに大きくなっていたはずなのに、姿も形もなかった。

仕方がないから、切り上げて家に帰ることにした。だけど、ミカはなかなか言うことを聞いてくれなかった。だいじょうぶ、きっと生きてるからだいじょうぶと、いくら言ってやっても、ミカは泣いて泣いて探すのを止めようとしなかった。家に帰ってからもずっと泣き続けで、身体が溶けてなくなっちゃうんじゃないかと思うぐらいだった。ごはんも食べずに、ずっとずっと泣いていた。

そして、その夜からミカは本当にすごい熱を出した。

その熱が下がるころ、今度は太陽が熱を出して夏になった。

## 11　こんにちは、あさってのミカ

結局、オトトイは見つからないままだった。

でも、夏休みが終わってからのぼくには、本当にいろんなことが起きたから、オトトイのことを考えている時間もなかった。とにかく目が回りそうなほど忙しかったんだ。

夏休みが終わってから、まず、ぼくたちの引越しが決まった。そして、父さんと母さんが本当に離婚した。

これで本当に夫婦じゃなくなったと、父さんは説明してくれた。説明しなくたって、それぐらいわかるよ。ただ、もう一年近くも父さんと母さんは一緒に住んでいなかったから、何だかピンとこなかったってだけの話。とにかく、ぼくとミカは父さんの子供になって、お姉ちゃんは母さんの子供になった。最後にみんなで一緒に夕飯を食べるはずだったけど、お姉ちゃんだけは身体の調子が悪いらしくて来られなかった。

もう一つあった。これは、すごくびっくりしたこと。お姉ちゃんがいつのまにか学校を辞めていたってことだ。学校を辞めて何してるのかなと思っていたら、赤ちゃんを産んでいた。だれがその赤ちゃんのお父さんになるのかは、わからないそうだけど、その分お姉ちゃんががんばるつもりだって電話で言っていた。最後の夕食に来られなかったのは、そのせいだったのかって、そのときになってわかったな。そんなこと、正直に教えてくれればよかったのにね。でもまあいいや。お姉ちゃんも、いろいろ考えていたんだろう。みんな、いろんなことを考えてる。

ぼくだって、いろんなことを考えていた。

考えていたから、卒業式の日は泣かなかった。新しい中学校に友だちが早くできるだろうかなんて考えていたんだ。でも、安藤はすごく泣いていた。アケミちゃんも泣いていた。で、卒業式が終わってしばらくしてから、ぼくにラブレターが来た。生まれて初めてもらったラブレターだったから、すごく嬉しくてぼくも手紙を返したけど、何て書けばいいのかわからなかったから、「手紙ありがとう。むこうの町に行ってもがんばる」とだけ書いた。そして、それから手紙は来なくなった（何でだ?・）。

それから、引越しの日にはコウジが来てくれて、ぼくたちにいろんなものをくれた。きっと手紙を書くよって言ってくれた。でもコウジのことだから、あんまり手紙は書かないだろうなあなんて思っていたら、本当にぜんぜん手紙は来なかった。やっぱり中学校の準備が忙しかったんだろう。すごく勉強が大変な、頭のいい私立中学に入ったんだって。仕方ないよ。コウジだって、いろいろ考えていて忙しい。でも、だいじょうぶだいじょうぶ。いつかみんな会える。みんなまた、どこかで会える。ぼくはそう自分に言い聞かせながら、新しい町へ行く特急電車に乗った。

……そしてぼくたちは新しい町で二つ歳をとった。だからぼくは中学二年生。もちろんミカも中学二年生。でも、ミカのことをオトコオンナだって言う人は、もういない。きっと、だれもわからないだろうな。ちゃんと、セーラー服だって着てる。おっぱいも、またちょっと大きくなったかもしれない。

ちなみにミカには今、恋人がいる。彼氏も同級生で、ぼくはあまり知らないけど、とにかくサッカー部の子らしい。ときどきケンカするみたいで、この間なんか雨の中でずっと話し合っている二人を見かけた。もちろんそういうときのミカは、家に帰ってからもずっと泣いていたりする。でも、心配しなくていいだろう。だってミカは一晩泣いたって、結局、次の日の朝には元気になって、ちゃんと学校に出かけて行くんだから。泣いた次の日のミカは本当に元気だ。ミカが歩くのを見ているだけで、こっちまで元気になりそうな気がする。

それと、これはおかしな話なんだけど、オトトイがいなくなってからのミカは、よく未来の話をするようになった。まるで、涙で大きくなったオトトイがミカの一部になってしまって、そのせいで新しいミカが——オトトイじゃなくて、あさってのミカが——生まれたみたいだった。うまく説明できないけど……。

そうだ、そう言えば、泣きまくった次の日にミカはよくこう言うんだった。

「だいじょうぶだいじょうぶ。子供には幸せになる権利があるの。せやから、アタシも幸せになるんやわ」

その通りだ。今日よりあした、あしたよりあさって、ミカはどんどん幸せになっていくだろう。それが幸せになる権利だもの。

でも正確には、子供だけじゃなくて、みんなその権利を持っている。ただ、持っているってことを知らないだけ。だからみんなも心配しなさんな。もちろんぼくにだって、そのうちかわいい恋人が見つかるはずだし、鳩山さんとうまくいかなかった父さんも、また好きになれる人が見つかるはずだ……でもまあ、それはまた今度のときに話そう。今度会ったときに教えてあげるよ。

とにかく今のぼくは、幸せの権利について考えるだけで胸がむずむずとしてくる。ぼくにおっぱいはないけど、何だかむずむずしてくるんだ。たぶんそこには、おっぱいの代わりに、あさってのぼくがいるんだろう。

あさってのぼく。そいつは何をしているだろう。

何を着て、何を食べてますか？

何を好きになって、何を嫌いになってますか？

何に怒って、何に喜んでいますか？

おーい！

# 解説

## コドモから、オトナコドモに

長嶋　有

この文庫解説を頼まれて、一も二もなく引き受けて、あっという間に読み終えて、あー面白かったと本を閉じたけど、解説を書き出すことが、なかなかできませんでした。

この解説は、一体だれに向かって書けばよいのだろう。子供にだろうか。大人にだろうか。なんでもこの小説は児童文学の賞をとっているらしい。ということは、読者は子供かしら。でも僕は三十一歳で、世間では大人ということになるけど、とても面白く読んでしまった。きっと、そういう大人の読者は多いんじゃないだろうか。

そうそう、世間では大人ということになっている年齢の人達って、本当は僕に限らず、子供なんじゃないかと思う。

考えなしに人を殺すとか、平気で嘘をつくとか、責任を逃れるとか、そういう未成熟のことだけじゃなくて、もっと身近なところでも、たとえばお菓子のオマケを必死に集めたりする。こないだなんか道端のガチャガチャの前に大人が列をつくっているのをみた（なにが入っていたんだろう）。人に聞いた話だけどデパートの屋上で行われるヒーローショーでは、司会のお姉さんが客席の奥まで見渡していう。「今日は良い子のお友達がこんなにきてくれて、お姉さんとっても嬉しいなー！」それから客席の手前に目を移して、いう。「今日は大きいお友達もきてくれてますねー！」

大きいお友達は、皆眼鏡をかけていて、太っているか痩せているかで、皆、カメラを持っている。ヒロインのパンチラを撮影にきている「大きい人」たちだ。

僕が子供のときに、大人はもっと大人だと思っていた。子供はお菓子やおもちゃの店にいくけど、大人はお酒や煙草の店にいくのだ、と。

ところが僕が大人になるころにはコンビニが出来ていて、そこにはお菓子とおもちゃとお酒と煙草が全部あった。そうして、僕たちはお酒や煙草と一緒に、おもちゃやお菓子も買う、そんな人になった。

この本を読んでいると、大人なのに、そこかしこに共感してしまう。ＰＨＳを買ったばかりのときに、誰かにかけてもらうと嬉しいのは、コウジだけじゃない。三十になっても嬉しい。仕事中に変な絵をみせられると吹き出してしまったりする。大人も、変わったマンションに住んで、階段の上から友達を呼んでみたい。大人も、次のバス停まで歩いて、途中で追い抜かされる。大人も、飯ごうのおこげが楽しみだ。そして大人も、本当に大事な話をするときは「自分が言い出したくせに、何だかめんどくさそうな顔」をする！

女の子同士の関係性が、ある日を境に逆転してしまうことも、そのことを男の子たちが「理由を知らないままに気配だけは察してしまう」ことも、小学校のクラスだけではない、会社なんかでもよくあること（それで仕事やめちゃったりするんだよ、これが）。

僕より上の年齢の人も、本当に「もっと大人」だったのかな。お酒と煙草の店と、おもちゃやお菓子の店が分かれていた頃の人も、本当は皆、大差ないんじゃないかな。大人になって思うけど、どんな大人も皆オトナコドモなんじゃないか。

でも、まったく子供と変わらないというのも、ちょっとシャクだ。ムキになって、もう一度読み返して「大人はこんなことしないぞ」っていうところを探してみた。

まず、大人はかさぶたをはがさない。割と我慢する。かさぶたが出来るような怪我をあまりしなくなるからかもしれないけど。

あと、冷蔵庫をあけて「何かないかなあ。ソーセージとか食べたいなー」って呟いたりしない。食べたければ買ってくるからね。

大人は「かばんだけ玄関に投げ捨てて」自転車で団地にいかない。大人は一度外にいって帰ってきたら、大抵はもうくたくたに疲れていて、かばんは投げ捨てても、そのまま寝てしまう。

大人は泣くときに「泣いてへん」って言い張らなくなる。あまり泣かなくなる。ソーセージの封をかみ切って、唾と一緒に捨てたりしなくなる。というか、大人はあの魚肉ソーセージをあまり食べない。

大人はソファーに飛び込んでぽよんぽよんしない。でも、大きなダブルベッドにだったら、してしまうかもしれない。

大人は急にジャンプして、木の葉っぱをむしらない。多分ね。

こうして挙げてみると、大人がしないのはソーセージのことばかり……いや、大人がしないことをしているのは、ほとんどミカだ。

ミカはオトコオンナだけど、コドモオトナではない。「先生とチューしたい？　雨降ってても」なんていう（バカ！　当たり前じゃないか！　雨がなんだ！　と僕ならいう）。なんというか、子供をまっとうしている。

そして、それをみつめるユウスケも、やっぱりコドモオトナではない。ただの子供だ。彼は無理して背伸びしない。ゲームは欲しいし、作文には適当なこと書くし、ジャーに御飯を戻して完全犯罪だなんていう。

それから彼の心の中。モノローグというやつ。「階段のところに変な人がいた」。その次は「本当は変な人じゃなくて、安藤だった」っていうところ。62ページの「あーあ」「でも」「ところで」という考えの移り変わり。たしかに、これは子供の心の中だ。僕も子供のときに、こんな風に考えがくるくるしていた。

子供だけど、ユウスケはとても尊敬できる人間だ。尊敬するのに子供も大人も関係ない。彼はいつも家族思いで、優しい。ときどき家族思いになる人は多いけど、いつも家族思いな人は、なかなかいない。

ユウスケは家族が仲良くしないと「家の中がつまらなくなる」って、ほとんど自動的に思っている（「大人」のはずのアユミちゃんやお父さんが喧嘩して、つまらなくしている）。

それから、彼がキャンプファイヤーの炎をみながら思うこと、文庫を買うとつい解説から先に読んでしまうオトナコドモがいるかもしれないから、ここには書かないでおくけど、これは本当に素敵な考え方だ。思わず読みかけの本を閉じて、目の前にその炎があるような気持ちで顔をあげてしまった。


ところで小説っていうものには作者がいる。小説の中で誰かが感じたことは、作者が「この人物にこういうことを感じさせよう」と思って、そういう風に書くのだ。作者の伊藤さんは、この素敵なことをミカじゃなくて、ユウスケに思わせた。

それから、このことは素敵だけど、ストーリーには別に関係のないことでもある。『ミカ！』はミカやオトトイやコウジがどうなっていくのか、という話だ。そういうことに「このこと」は関係がないから、書かなくてもよかったかもしれない。

でも、作者はこのことをユウスケに感じさせたいと思った。だから、ユウスケはこのことを感じた。物語の中にいる仲間のミカやコウジにも教えないで、一人だけで感じた。

そういう風に書いた伊藤さんが、僕はなんだか素敵だと思う。どうしてだろうね。

ミカやユウスケは僕たち大人と違うぞ、というところをもう一点だけ。

大人は、もうこれ以上大人にならない。だけど彼らは続編の『ミカ×ミカ！』(理論社刊)で、また少し大人になっている。子供を羨ましいと思うことはないけど「今から大人になる」ってことは、なんだか羨ましい。蟬の幼虫には戻りたくないけど、初めて羽根を広げるときのことだけはじっとみてみたくなるっていう、そんな気持ちだろうか。

それから、続編があることを今ここで知って、気になっている人も多いだろう。ミカとユウスケの「それから」について、この本でのユウスケは少しもったいぶった言い方をしている。

だけどここは一つ僕が文庫解説者の特権で、少しだけ『ミカ×ミカ！』のことを教えてしまおう（知りたくない人は読まないでね）。本書の最後では「ミカに彼氏が出来たらしい」ことだけいっているけども、本当はユウスケにもそれらしい存在が現れる。それを聞いただけで、つづきを読みたくなったでしょう。コドモもオトナも、そういう話は大好きのはず。

そういえばユウスケは小学校のときにも安藤にモテてたな。中学にいっても、向こうから興味をもたれる。そしてどっちの求愛も、はじめ少し煙たく感じる。

……勿体ないっ！　バカバカ、ユウスケのバカ。大人の男はちがうぞ。大人は、向こうから求愛されることなんかないんだ。ひたすら自分から懸命に口説いて、口説いて、口説いて、口説く。向こうから求愛なんかされたら、鼻血を出して倒れる。それが大人というものだ。

……えっ、それって僕だけなんですか。が――ん。

（作家）

単行本　一九九九年十一月　理論社刊

文春文庫



# ミカ！

定価はカバーに
表示してあります

2004年4月10日　第1刷
2006年7月30日　第3刷

著　者　伊《い》藤《とう》たかみ
発行者　庄野音比古
発行所　株式会社 文藝春秋
東京都千代田区紀尾井町 3-23　〒102-8008
TEL　03・3265・1211
文藝春秋ホームページ　http://www.bunshun.co.jp
文春ウェブ文庫　http://www.bunshunplaza.com

落丁、乱丁本は、お手数ですが小社製作部宛お送り下さい。送料小社負担でお取替致します。

印刷・大日本印刷　製本・加藤製本
Printed in Japan
ISBN4-16-767902-7

（　）内は解説者。品切の節はご容赦下さい。

浅田次郎
**月のしずく**
きつい労働と酒にあけくれる男の日常に舞い込んだ美しい女。出会うはずのない二人が出会う時、癒しのドラマが始まる——表題作ほか「銀色の雨」「ピエタ」など全七篇収録。（三浦哲郎）
あ-39-1

浅田次郎
**壬生義士伝**《みぶぎしでん》（上下）
「死にたぐねえから、人を斬るのす」——生活苦から南部藩を脱藩し、壬生浪《みぶろ》と呼ばれた新選組の中にあって人の道を見失わなかった吉村貫一郎。その生涯と妻子の数奇な運命。（久世光彦）
あ-39-2

浅田次郎
**姫椿**
飼い猫に死なれたOL、死に場所を探す社長、若い頃別れた恋人への思いを秘めた男、妻に先立たれ競馬場に通う助教授……。凍てついた心にぬくもりが舞い降りる全八篇。（金子成人）
あ-39-4

五木寛之
**青年は荒野をめざす**
ぼくらにとって音楽とは何か？　セックスとは？　放浪とは？　燃焼する人生を求め、トランペットかかえて荒野をめざす青年ジュンの痛快無類のヨーロッパ冒険旅行。（木本至）
い-1-1

色川武大
**怪しい来客簿**
日常生活の狭間にかいま見る妖しの世界——独自の感性と性癖、幻想が醸しだす類いなき宇宙を清冽な文体で描きだした、泉鏡花文学賞受賞の世評高き連作短篇集。（長部日出雄）
い-9-4

伊集院静
**受け月**
願いごとがこぼれずに叶う月か……。高校野球で鬼監督と呼ばれた男が、引退の日、空を見上げていた。表題作他、選考委員に絶賛された「切子皿」など全七篇。直木賞受賞作。（長部日出雄）
い-26-4

（　）内は解説者。品切の節はご容赦下さい。

伊集院静
**冬のはなびら**

親友真人の遺志を継ぎ、小島に教会を建てた元銀行員月丘と彼を支える真人の両親との温かい心の交流を描く表題作など、市井の人々の確かな〝生〟を描く六つの短篇小説集。（清水良典）

い-26-10

伊集院静
**眠る鯉**

六月晦日の朝、一人の老人が鉄橋の下で眠るように死んでいた。生涯独り身を通した老人の秘められた過去の美しい物語、表題作他、「花いかだ」など胸を打つ七つの短篇小説集。（清水良典）

い-26-11

池上永一
**バガージマヌパナス**
わが島のはなし

「この島は怠け者を愛してくれるから自分はここで死ぬまで楽をするつもりだ」。ガジュマルの樹の下で呟く美少女綾乃が聞いた神様の御告げとは……。日本ファンタジーノベル大賞受賞作。

い-39-1

池上永一
**風車祭**《カジマヤー》

島を彷徨う少女の魂に恋した少年、九十七歳の生年祝い＝風車祭を迎えようとするオバァ、そして島を襲う危機。沖縄を舞台に生命力とユーモアに満ちた壮大なファンタジー。（与那原恵）

い-39-2

大沢在昌
**心では重すぎる**（上下）

失踪した人気漫画家の行方を追う探偵・佐久間公の前に立ちはだかる謎の女子高生。背後には新興宗教、そして暴力団の影が……。渋谷を舞台に現代の闇を描き切った渾身の長篇。（福井晴敏）

お-32-1

大沢在昌
**闇先案内人**（上下）

「逃がし屋」葛原に下った指令は、「日本に潜入した隣国の重要人物を生きて故国へ帰せ」。工作員、公安が入り乱れ、陰謀と裏切りが渦巻く中、壮絶な死闘が始まった。（吉田伸子）

お-32-3

# 文春文庫

エンタテインメント

（　）内は解説者。品切の節はご容赦下さい。

角田光代
## だれかのいとしいひと

どんなに好きでも、もう二度と会えない。人を好きになる気持ちがなければどんなにいいだろう。恋に不器用な主人公たちのせつなくて悲しい八つの恋の形を描く短篇小説集。（枡野浩一）

か-32-2

角田光代
## 空中庭園

京橋家のモットーは「何ごともつつみかくさず」……普通の家族の表と裏、光と影を描いた連作家族小説。第三回婦人公論文芸賞受賞、小泉今日子主演で映画化された話題作。（石田衣良）

か-32-3

加納朋子
## 螺旋《らせん》階段のアリス

脱サラして憧れの私立探偵へ転身した筈が、事務所で暇を持余していた仁木の前に現れた美少女・安梨沙《ありさ》。人々の心模様を「アリス」のキャラクターに託して描く七つの物語。（柄刀一）

か-33-1

加納朋子
## 虹の家のアリス

育児サークルに続く嫌がらせ、猫好き掲示板サイトに相次ぐ猫殺しの書きこみ、花泥棒……脱サラ探偵・仁木と助手の美少女・安梨沙が挑む、ささやかだけど不思議な六つの謎。（倉知淳）

か-33-2

車谷長吉
## 赤目四十八瀧心中未遂

「私」はアパートの一室でモツを串に刺し続けた。女の背中一面には迦陵頻伽の刺青があった。ある日、女は私の部屋の戸を開けた——。情念を描き切る話題の直木賞受賞作。（川本三郎）

く-19-1

車谷長吉
## 金輪際

人を呪い殺すべく丑の刻参りの釘を打つ、悪鬼羅刹と化した車谷長吉の執念。人間の生の無限の底にうごめく情念を描き切って慄然とさせる七篇を収録した傑作短篇集。（三浦雅士）

く-19-2

（　）内は解説者。品切の節はご容赦下さい。

菊池寛
**真珠夫人**

気高く美しい男爵令嬢・瑠璃子は、借金のために憎しみ抜いた相手のもとへ嫁ぐ。数年後、希代の妖婦として社交界に君臨する彼女の心の内とは——。話題騒然の昼ドラ原作。（川端康成）

き-4-4

菊池寛
**貞操問答《ていそうもんどう》**

美しい三姉妹の次女・新子は、ある富家の家庭教師として軽井沢の別荘に赴くが、夫人の露骨な侮蔑に遭い……。女同士の舌鋒が冴え渡る、昭和初期の大流行小説、復刊第二弾！（江藤淳）

き-4-5

菊池寛
**無《む》憂華《ゆうげ》夫人**

古き因縁で敵同士の侯爵家と伯爵家。侯爵の妹、名花と謳われる絢子姫と、伯爵の弟、青年外交官の康貞は、惹れ合うが苛酷な運命に翻弄される。九條武子をモデルとした悲恋小説。（猪瀬直樹）

き-4-6

小池真理子
**ひるの幻 よるの夢**

老作家の許で密かな妄想を紡ぐ秘書、年下の青年の「手」に惹かれる中年女性……。エロスにはさまざまな形がある。禁色のエロティシズムを描いた妖しく艶めかしい六篇。（張競）

こ-29-1

小池真理子
**天の刻《とき》**

いつ死んでもいい……。四十代の女たちが、思いがけず、恋愛の極みへと誘われていく。エロスとタナトス、そして官能の一瞬が、絶妙の筆致で描かれる極上の恋愛作品集。（篠田節子）

こ-29-2

小池真理子
**虚無のオペラ**

日本画家の専属裸婦モデルを務める結子と、ピアニストの恋人島津は「別れ」のために冬の京都の宿に籠もる……。恋情と性愛の極みを艶やかに奏でる恋愛文学の極北！（髙樹のぶ子）

こ-29-3